香華宮の転生女官 3

朝田小夏

角川文庫
23632

目次

南《なん》凜《りん》(＝長峰凜《ながみねりん》)
現代から中華世界に転生し、香華宮で働く女官となる。現世のスキルで人気者に。明るく前向きな性格。
趙《ちょう》子《し》陣《じん》
南凜の義兄で皇帝の甥。一本気で礼にうるさいが、凜のことを何かと気にかけている。
徐《じょ》玲《れい》樹《じゅ》
皇帝の隠し子。その美貌で皇宮の女官たちから大人気。凜に興味を持ち、利用しようと近づいてくる。
イラスト／べっこ

人物相関図

趙《ちょう》子《し》陣《じん》

皇帝の甥で、南凜の義兄。
皇帝の身辺を警護する
皇城司のトップ。
一本気で礼にうるさい。

長《なが》峰《みね》凜《りん》

苦労性の28歳OLだったが、
転生し、女官・南凜となる。
モットーは
「働かざる者食うべからず。」

（長峰凜→趙子陣）うるさいけどいい奴
（趙子陣→長峰凜）世話の焼ける義妹
（趙子陣⇔悠人）気にくわない
（趙子陣⇔徐玲樹）なんだかんだ仲良し
（徐玲樹→長峰凜）好意
（長峰凜→徐玲樹）気になる
（成王→長峰凜）可愛い義娘
（長峰凜→成王）いい人

悠《ゆう》人《と》

凜の元婚約者。凜を助けようと
車道に飛び出して
自らも轢かれてしまい、
中華世界に転生してきた。

徐《じょ》玲《れい》樹《じゅ》

都承旨を務める、
皇帝の隠し子。
凜に興味を持ち、利用しようと
近づいてくるが、実は……。

成《せい》王《おう》

皇帝の弟で子陣の父。
政治に興味がなく、
邸を賜って
のんびり暮らす。

安《あん》清《せい》公《こう》主《しゅ》

皇帝の愛娘。
「王母娘娘《おうぼにゃんにゃん》」の
ペンネームで創作活動を
する。凜のよき友。

秦《しん》影《えい》

子陣の腹心の部下。
情報収集能力に長け、
潜入調査も行う。

趙《ちょう》冉《ぜん》

時の皇帝。
毒を盛られ、
生命の危機に陥った。

呱《こ》呱《こ》

凜のペットのアヒル。

小《しょう》葉《よう》

凜の侍女。かつて後宮で働いていた
こともあり、よく気のつく性格。

司《し》苑《えん》……………香華宮の庭（後苑）を掌る女官の役職。
皇《こう》城《じょう》司《し》……………皇帝直属の警察部隊。
翰《かん》林《りん》天《てん》文《もん》院《いん》……………天文を掌る香華宮の部署。
内《ない》監《かん》（宦《かん》官《がん》）……………後宮に出入りできる数少ない役職。

序

秋、九月九日——色づき始めた一本の楓《かえで》が風に揺れる夜、朱色の楼閣の欄干から妓女《ぎじょ》が手を振った。

「もうお帰りですか、張《ちょう》様。まだ戌《いぬ》の刻でございますよ」

「いやいや、ほろ酔いがちょうどいいよ。悪いな、今日は帰るよ」

提灯《ちょうちん》の灯《あか》りを頼りに三十過ぎの男——張賛《さん》が店の階段を危うい足取りで下りていく。

そして右に曲がると、一人ふらふらと混雑した夜の杭州《こうしゅう》の街へと足を踏み入れた。

目抜き通りに面した酒楼は、赤々と灯火を燃やし、客はひっきりなしだ。左側に水路があり、粋な杭州人が舟で街に繰り出す。妓楼の二階からは楽しげな嬌笑《きょうしょう》の声とともに楽の音色が聞こえてきて、道の奇術師が軽妙な芸を披露して喝采《かっさい》を浴びていた。

張賛は前から馬車が近づいて来るのを見ると、混雑した道を避け、ふいに虹橋《にじばし》を曲がって路地に入った。

夜の秋風が襟をかすめて冷たく通り過ぎていく時分の頃だ。

薄着の寒さに張賛の酔いも醒《さ》めて来た。

もともとさして飲んではいない。講史《こうだん》を聞きながら、飲めぬ酒をちびりちびりと舐《な》めただけだ。気の利いたヤジを飛ばし、嘘か本当か分からない幽霊や神仙の物語を聞いて引き上げた。二階の妓楼に上る金はない。

暗く細い道に入ると、次第に歩みはしっかりしたものになった。扇子を広げたり閉じたりしながら、空を見れば満月が雲に隠れ始めたところだった。

奇《く》しくも手燭《てしょく》の蠟《ろう》が絶え、火がぽつりと消えた。

張賛はため息を落とし、水路の脇にある柳を頼りに闇夜を歩く。とはいえ、講史の帰りによく通る道だ。さして不安になることもない。歩みに合わせて巾着《きんちゃく》の小銭が音を立て、時折犬の鳴き声が聞こえるだけの晩はひっそりと更けて詩情をかき立てた。

しかし、いつからだろうか――。足音が背後にぴたりとついて来る。

初めは気のせいだと思ったが、足を止めると、その気配も止まる。

ゆっくり歩いてみても、歩調を合わせ、後ろの人物はなかなか追い越さない。

小銭の音につられた物取りか、あるいは今夜の講史のように悪霊かもしれない。急に張賛は恐ろしくなった。歩みを速め、明るい道へと急ぐ。が、足音はどんどん近づいて来た。

張賛は走り出し、息を切らしながら振り向いた。

そこにいたのは、笠《かさ》で顔を隠した黒衣《こくい》の男だ。それが木刀を片手に追って来る。

張賛は太った体を恨めしく思いながら、更に走った。が、石に躓《つまず》いて派手に転んでしまう。傷ついた手のひらを開いてみると血が出ていた。振り返ると男は闇に隠れるように柳の陰に立っている。張賛は尻餅《しりもち》をついたまま恐る恐る声をかけた。

「な、何者だ。金ならある、も、持って、いけ……」

震える手で張賛は巾着を渡そうとした。男はそれを見つめたが、手に取る様子はない。黙って近づいてくる。

「な、な、なんだ……」

「………」

男は声を一言も発さず、木刀を両手で持つ。慣れた手つきではなかった。

「お、おい、なにをするんだ……」

張賛は声を震わせる。

「貴様にはここで死んでもらう……」

低い声だった。

張賛は顔を上げた。星々が瞬き、男がもう一歩近づくと、隠れていた月が玲瓏《れいろう》と現れた。男の顔が照らし出される。

「お、お前は――」

張賛が驚きの声を上げた瞬間、木刀が大きく頭上に振り上げられた。

ドンという鈍い音とともに、張賛が発した語尾はかき消され、その体は水路に蹴《け》り落とされた――。

第一章 凶兆の予言

1

九月重陽《ちょうよう》の晩——。

「それじゃ、皆揃ったようだから、そろそろ始めましょうか」

凜《りん》が手に取ったのは、菊と茱萸《カワハジカミ》が浮かべられた杯だ。円卓には蒸したこなもちの上に羊肉や豚肉を千切りにしたものを載せた「重陽糕《ちょうようこう》」。他にも小麦粉で獅子《しし》と異民族の王の形を作った菓子「獅蛮糕」他、アワビ、蟹《かに》、羹《スープ》に野菜の炒《いた》め物がところ狭しと並べられていた。酒瓶がいくつも部屋の隅に積まれ、三十人ばかりの宮人、女官、内監《ないかん》が集まっている。

凜は満面の笑みで、居並ぶ人々を見回す。

「さあ、じゃあ、皆の健康と長寿を祝って乾杯しましょう！」

凜の音頭と共に全員が杯を掲げた。

「乾杯！」

後苑《こうえん》の楼閣の二階に集まったのは、凜と親しいメンバーだ。

円卓の一番奥の誕生日席に座るのは、もちろん王母娘娘《おうぼにゃんにゃん》こと、安清《あんせい》公主・趙玲月《ちょうれいげつ》である。その横に凜と小葉《しょうよう》。医者見習いとなった悠人《ゆうと》、言《げん》女官など賭《か》け仲間、後苑で働く杏《あん》衣《い》他、同僚たち。福寧《ふくねい》殿に勤める女官内監までいる。

「さあさあ。今夜はとことん飲みましょう！」

凜は杯を再び掲げた。

「では凜司苑《しえん》に乾杯！」

九月九日重陽は、菊の節句と言われ、この世界で縁起がいいとされる九が重なった日である。忙しい官吏も重陽ばかりは仕事が休みになり、邪気を払いに家族で高い山に登るのが習わしだ。しかし、香華宮《こうかきゅう》で暮らす者には目の前の鳳凰山《ほうおうざん》すら遠い。ならばと、こうして後苑にある楼閣に上って秋の虫が鳴くのを聞きながら、皆で風流に酒を飲もうという話になったのだ。

「飲みましょう。凜司苑の昇進も兼ねた祝いの席ですからね」

尚衣《しょうい》局に勤める言女官が嬉《うれ》しげに話しかけて来た。

「昇進だもの。司苑ではなく、もう凜司膳《しぜん》と呼んだ方がいいかもね」

公主がアワビを頬張りながら言う。凜はいやいやと照れながら否定した。

「昇進というほどの昇進ではないですよ」

「後苑から出るのはどこに行っても昇進よ。尚食《しょうしょく》局はお父さまの食事の給仕もするから、なりたがる人が多い人気の部署よ。おめでとう、凜」

凜は公主の言葉に頷《うなず》いた。実はこのほど、毒を盛られた皇帝を助けた功により、晴れて左遷先の後苑から尚食局に異動となったのだ。

「でも意外ね、凜。内東門司《ないとうもんし》に戻りたいと言うと思った。お父さまはどこに行ってもいいとおっしゃったんでしょう?」

公主が不思議そうにする。

確かにそうだ。皇帝は行きたい部署に異動させてくれると言ったが、凜はあえて尚食局を選んだ。

「それはですね……わたしはもう懲り懲りなんです。死体だとか謀略だとか。だから書庫か蔵の番がいいって皇上にお願いしたんです。そこならなにも事件は起こらないでしょう?」

「それはそうね」

思えば、この香華宮に来てからというもの、問題ごとに巻き込まれてばかりだった。後苑の池で死体を見つけたり、謀反騒ぎがあったり、皇帝が毒を盛られたり……。平穏無事がなによりだ。しかも、忙しい部署も暇な部署も給料がほぼ同じときているのだから、しばらくはやりがいより、身の安全の方を優先したい。

「ちょうどいいわ。暇なら、小説の印刷の手伝いを頼める?」

「もちろんお手伝いします、公主さま」

凛は快諾した。

「ありがとう、凛！　さあ、もっと食べて」

公主が凛の前に大皿をドンと置く。

「ありがとうございます」

本来なら菊を眺めて詩を読んだり、琴を弾いたりするのが重陽の宴《うたげ》らしいのだろう。だが、宮人女官たちは酒やごちそうを目にする機会はそうない。普段は腹一杯食べられることなどほぼないだろう。凛はそのことを知っていたから、今日くらいはと奮発したのだ。皆、箸《はし》を止めることなく夢中で食べ、にこにこと会話を弾ませていた。

もっとも、悠人が王様ゲームや野球拳を教えたせいで、宴も盛りとなると、宮人女官たちの風紀は乱れ始めたが、重陽の今日ばかりは、お目こぼししてもらえよう。なにしろ皇帝は鳳凰山に行幸しており、妃嬪《ひひん》たちも随行しているので、後宮の留守番の責任者は公主だからだ。

「凛司苑」

そこへ、茱萸を簪《かんざし》代わりに挿して、べろべろに酔った宮人たち三人が酒壺《さかつぼ》を持って現れた。

「凛司苑……じゃなくて……凛司膳さまに一杯の酒を捧《ささ》げたいと、ヒック、思います〜」

かなり酔っていると見えて顔は真っ赤で仲間と肩を組んでいる。

凜は断れずに杯を持った。一杯飲んで、杯を置くと、宮人の一人がしゃっくりを上げながら凜に絡んできた。見ない顔だから、誰かに頼んで宴に紛れ込んだ子だろう。

「このご馳走《ちそう》もお酒も皇上からの凜司膳への気遣いだそうですね、ヒック、ヒック」

「え、ええ……」

「後宮では噂ですよ。もしや、皇上は凜司苑を妃に迎えたいのではと……ヒック」

凜は呆《あき》れてものも言えなくなる。

皇帝が凜のことを気遣うのには理由があった。皇帝の隠し子である徐玲樹《じょれいじゅ》が引き起こした事件で凜は死んでもおかしくない大けがを負った。背中の傷は一生消えないと医者から言われている。皇帝はそれをひどく苦にしているのだった。なにしろこの世界では傷のある娘は文字通り「傷物」扱いされてしまうからだ。

しかし、事件は秘され、知らない人々は好き勝手に凜のことを噂していた。そのことに一番腹を立てているのは公主だ。彼女は箸を円卓に叩《たた》き付けると、酔った宮人をにらみ付けた。

「つまらない噂話はやめて。どこの所属なの!?」

「ひっ、ふ、芙蓉《ふよう》殿です……」

「お父さまは凜を本当の姪《めい》だと思っている。郡主の位さえあげたいと思っているほどにね」

宮人は公主の怒気に酔いが醒《さ》めたのか、青ざめて両手を握り締めたまま頭を下げた。

「は、はい。も、申し訳ございませんでした。し、失礼しました……」

公主が怒るのは珍しい。宮人たちはそそくさと逃げて行った。凜は微苦笑して公主に尋ねる。

「そんな噂があるのですか」

「いいえ、嘘よ。聞いたこともない。お父さまは凜の結婚相手を探しているところなのに」

それは凜には少々迷惑な話だった。眉《まゆ》を寄せて公主を見ると彼女は慌てて両手を宥《なだ》めるように振った。

「念のためよ。念のため。凜の身分と功績に見合う殿方なんてそんなにいないもの。今から探しておいても遅くはないわ。自然に出会うにしたって、女官では機会も少ないでしょう?」

公主によると、皇帝が一流と認めるような男たちが国中から探し出されているのだという。でも、凜は知っている。皇帝は本当のところ凜と徐玲樹をくっつけたがっていることを。もちろん、公主も父である皇帝の意図は知っているのだろう。探るような目で凜を見た。

「それで……凜は、玲樹お兄さまのことをどう思っているの?」

「どうって……」

凜は困って首を傾げた。凜が徐玲樹と結婚すれば、徐玲樹は皇帝の義姪の夫ということになる。罪も軽くなり、杭州に呼び戻されるだけでなく、出世も間違いない。徐玲樹は凜には優しいし、気に入っているという。傷のことも自分のせいであるので責任をとりたいと皇帝に言ったというから、まったく抜かりがない男だ。

凜とて徐玲樹が嫌いではないが、これではただの政略結婚だ。そんなものをする気はさらさらない。

「玲樹さまはいい方だと思いますが、今わたしは女官となって楽しく暮らしているので、結婚とかはあまりまだ考えられません。それより公主さまには結婚のお話はないのですか。お年頃なのに」

凜は当たり障りなく答え、公主に質問を質問で返した。

「私？　私はお父さまが決めたのなら、誰にだって嫁ぐわ」

凜は目を丸めて驚く。

「政略結婚でもいいんですか⁉」

「ええ。もちろんよ」

きっぱりと答えた公主は、逆になぜそんなに驚くのかと問う。凜は公主の両手をとった。

「政略結婚となれば、好きな人と結婚できないんですよ。いいんですか」

「私はこの国の公主よ。富貴を約束されている代わりに責任がある。だから敵国に嫁げと言われればそうするのが、当たり前なの。それが公主というものよ」

凛はなんだかしんみりした。まだ十七歳の少女でしかない公主が、そんな重い使命感を持っていたとは知らなかった。皇族を羨《うらや》ましいと思う人は多いだろう。しかし、現実には恵まれた人間にも恵まれただけの運命が待ち構えているのだ。それなのに、公主はそれさえも誇りとしている。

「公主さまは恰好《かっこう》いいですね」

「そんなんじゃないわ。ただ、当たり前のことなのよ、凛」

凛は頷き、公主が他の者から声を掛けられたのを機に回廊に出た。風が冷たく、酔い覚ましに心地好《よ》い。高欄に座ってぼんやりしていると背後に気配があった。

「凛」

浅黄色の木綿の衣を着た悠人だ。王《おう》医官の下で今は医者見習いをしている。真面目に働いて飲み込みもいいと評判らしい。無事に官舎に住むこともでき、もう衣食住には不自由していないと聞いて凛も安心していたところだった。

「何しているんだ、一人で」

凛は目を細める。

「ちょっと酔ったみたい」

「飲めないくせに調子に乗るからだ」

ニキビがすっかり治って、悠人は香華宮の人気者になった。若い宮人から刺繍《ししゅう》の入った手巾《ハンカチ》などをもらうことがあるという。凜はもうかってのような想いを悠人に抱くことはないが、共に未来からやって来た仲間という絆《きずな》は感じていた。

「凜、なんか悩んでいる顔だな」

「別に。ただ、この世界の人たちはわたしたち現代人が思うより、ずっと責任感に溢《あふ》れているると思ったのよ」

「？ なんの話だよ」

満月が東の空に見えた。満天の星が夜空に瞬く。

酔っている凜は悠人に説明するのが面倒で曖昧《あいまい》に微笑み、ただ空を見つめた。思えばこの世界に来てちょうど一年になろうとしている。たしか九月の半ば、彗星《すいせい》が空を駆けた日に、凜はこの世界に来た。がむしゃらに生きて適応しようと頑張ってきたけれど、戸惑うことはまだ多い。禁衛が焚《た》く火に紅葉した木々が浮かび上がるのを見ると、時の移り変わりを感じて、なんともいえない感情が湧いてきた。

「凜？」

感傷的な表情だったのだろうか。悠人の手がそっと肩に載った。

「心配するなよ。オレもいるし。なんでも言ってくれたらいい。いつでも相談に乗るよ」

凜は彼を仰ぎ見た。真剣な眼差《まなざ》しだった。愛《いと》おしむような瞳《ひとみ》。一度は永遠を誓い、婚約までした人は誰よりも優しかった。いや、「誰に対しても」だったが――。

その時だ――突然怒鳴り声がした。

「おい、無礼だぞ！　誰の肩に触れているんだ」

声のする楼閣の下を見ると、そこにいたのは子陣《しじん》だった。怒った顔で、両腰に手を当てて仁王立ちしている。

凜は悠人の代わりに高欄から身を乗り出して義兄《あに》に叫んだ。

「お義兄《にい》さま、なんなのよ、大きな声を出して！」

「ふん！　男が女官に触れるなど死罪は免れないぞ！　医者だとて容赦はせん！」

悠人は天敵の子陣の登場に真っ青になって、凜を放り出すと逃げていった。

――まったくもう！

子陣の過保護はいつも度が過ぎている。毎回、まるで野犬でも追い払うような剣幕だ。それに懲りない悠人も悠人だ。現代人の感覚だと男女が多少触れ合うのは普通のことだが、この世界では許されることではない。そのことがどうもまだ身についていないらしい。しかも、彼は子陣の推薦で仕事を得たので生殺与奪権を握られている。見つかれば逃げるほかない。凜は呆れを含んだため息を吐《つ》いた。

「それで、お義兄さま、なんか用？　皇上と鳳凰山に行ったんじゃなかった？　皇族や重臣たちと宴《うたげ》を催していたんでしょう？」

「それが……鳳凰山から徳寿宮《とくじゅ》が見えてな。皇太后さまのことを皇上が思い出されたのか、後苑で育てている菊の中で一番よいものをお届けするようにとのご命令が下ったのだ」

「皇太后さまに？」

皇太后は皇帝の母。香華宮内ではなく、徳寿宮という香華宮の北方にある宮殿に住んでいる。凜ははっと目を輝かせた。

「……ていうことは、もしかして！　香華宮の外へのお使い？」

「そういうことだ」

凜はガッツポーズをとる。重陽の街はきっと人で賑《にぎ》わっていることだろう。お使いの帰りに街で前から欲しいと思っていた帯飾りを買えたらいい。凜は先ほどの憂愁などすっかり忘れてウキウキした。明日からは司膳となる。これが最後の司苑としての仕事だ。

「すぐに菊を持って来る！」

今日のために育てられた菊はたっぷりある。だから、一株くらいくすねてもいいだろうと、凜は一級品の「桃花菊《とうか》」をこっそり頂戴《ちょうだい》していた。自分の部屋に飾るつもりだったが、せっかくの機会だ。それを持って行ったら皇太后は喜ぶだろう。薄紅色の桃花菊は特に色が鮮やかで美しい曲線を描き、ほっこりと丸い。凜はすぐにそれを抱えて子陣のもとに戻った。

「お待たせ、お義兄さま」

「おお！　見事な菊ではないか。もう残っていないかと心配していたのだ」

「心配ご無用！　一番いい菊よ！」

「ならいい。さぁ行くぞ」

彼はいつもの小言も言わずに先を歩き始めた。木牌《みぶんしょう》を見せて東華《とうか》門を抜け、役所街を右に曲がる。香華宮の和寧《わねい》門から徳寿宮の少し南までが目抜き通りだ。酒楼や妓楼《ぎろう》、料理屋などもあり、夜でも眠らずに営業している店が多い。

人通りが多く、まるで昼かと思うほど灯《あか》りがあるのはいいが、掏摸《すり》や酔っ払いもいるので、良家の令嬢が歩くには不都合だ。子陣はしきりに馬車に乗ろうと言ったが、凜は頑《かたく》なに徒歩を主張した。

「いや、絶対に徒歩がいい」

「危険だから言っているんだ」

「せっかくの重陽の夜だもん。街の様子が見てみたい。お願い、ね？　お願い」

最後には折れたが、一筋縄には行かないのがこの趙《ちょう》子陣という男だ。

「そんな……嘘でしょう……」

凜が落胆したのは、子陣の奇策のせいだ。彼は身分を利用して道ではなく役所を突っ切って進むという裏技に出た。それでも、役所街を過ぎてしまえば、道に出ざるを得ない。子陣は凜の派手な女官装束に眉《まゆ》を寄せると、自分の黒い披風《マント》を凜の背に掛け、手にしていた菊の鉢を持ってくれた。

「ありがと……」

「妹妹《メイメイ》は目立つからな。酔っ払いには気をつけろ」

「うん……」

凜は水路が右手にある路地裏を進んだ。人通りはなく、石畳ではないので道にところどころ草が生えていて歩きづらい。灯りもなく手燭《てしょく》だけが頼りだ。戌《いぬ》の刻を知らせる太鼓の音がどこからか聞こえ、杭州の夜が本格的に始まったのを知った。特に今日は重陽なので、三更《しんや》まで貴族たちが友達と連れ立って酒楼に集まっていることだろう。

凜は、遠く妓楼の楼閣を興味深く眺めた。弾んだ艶笑《えんしょう》の声はここまで響き、なにやらよい匂いも漂ってくる。子陣が不意に訊《たず》ねた。

「公主たちとは楽しくやっていたのか……」

「え？　ええ。みんな酔っ払って盛り上がってたよ」

彼は宴の最中に連れ出したことを悪いと思っている様子だったが、凜は別段、気にしていなかった。酔っ払いを相手にするのは面倒だったから、ちょうどいいときに連れ出してもらったと思っている。凜は話題を変えた。

「皇太后さまってどんな方？」

「お優しい方だ。慈悲に溢れ、気品に満ちている。ときどき面白い冗談を言われるよ」

皇太后は子陣にとって祖母にあたる。凜は一度も会ったことがなかったので、対面の機会を楽しみにしていた。それにこういうお使いは、大抵、ご褒美がもらえるラッキーな仕事で、ついていると言っていい。子陣が気にする必要はなにもなかった。

――しかし。

凜のツキはそこで終わった。

何かが水路に浮いているのを見つけて、凜は手燭を掲げて見やってしまったのだ。

「お義兄さま、あれはなに？」

彼は片眉だけ上げた。

「あれは──水死体だな」

子陣の声に感情はなかった。

2

「凜といるといつも水死体を見つける。なにか縁があるのではないか」

「冗談でもやめてよ、お義兄さま！　縁なんてあるわけないでしょ！」

凜はビシバシと子陣の腕を叩《たた》いた。彼はわざとらしく「痛い」と言って逃げたが、通行人を見つけると皇城司《こうじょうし》の役所に行って人を呼んで欲しいと頼み、集まり始めた野次馬をテキパキとさばく。凜はその間、うつ伏せに浮かぶ死体の白いうなじを、膝《ひざ》を抱えて見つめているほかなかった。子陣の言う通り、これが三度目の水死体の発見だと思うと、ひどく情けなくなる。

──一度目は偶然としたって、これで三度目……もしかしてわたしが死体を呼んでいるんじゃ……。

凜は頭を掻《か》きむしりたくなった。

皇城司の役人が現れたのはすぐ後のことだ。妓楼で喧嘩《けんか》があって、仲裁していたところだったらしい。重陽だというのに、当番の二十名あまりの武官たちは制服を皺《しわ》なく着込んで真面目な顔で現れた。

「お呼びでございますか、殿下」

「ああ。あれを見てくれ」

子陣が死体を指差すと、彼の右腕の秦影《しんえい》が、顔色も変えず事務的に、死体を岸に上げるよう兵士たちに命じた。

引き上げてみると、顔は青白いものの、腐敗などなく、頭からはまだ血が流れている。頭部を強打したのが直接の死因ではないかということだった。詳しいことは検屍《けんし》しないと分からないが、水もほとんど飲んでいないので、殺されて半時も経たないのではないかというのが、皇城司の武官たちの見方だった。凜たちが通りかかるほんの僅《わず》か前に殺されてしまったということだろうか。

子陣は腕組みすると柳の木にもたれた。

「酔って足を滑らせたのだろうな」

凜は首を横に振る。

「所持金は？　物取りではない？」

「うむ」

子陣は腕を組み、考える。

「どちらにしろ、水路の流れは速くない。どこからか流されてきたとは考えにくい。この辺りで落ちたのだろう。目撃者を探さないとな」

子陣は秦影に命じて、配下に周囲へ聞き込みに回らせた。すると、遺体の手がかりはすぐに見つかった。野次馬の一人が酒楼の常連で、死んだ男の名前を知っていたのだ。

「──張賛とか言ったような……」

「確かか」

「酒楼に行けば分かると思いますよ」

「なにをしている奴だ。どこに住んでいる？」

「そこまでは……」

凜は死体を見た。絹の袍《ほう》に銀の小冠。地味な装いで豊かそうではないが、知識階級なのは間違いない。下級官吏か地方貴族といったところだろう。三十代過ぎくらいに見える。

「身元は家族からの行方不明者の届け出があればすぐに分かりそうだな」

「ええ……そうだといいけど……」

「それより、徳寿宮に急ごう。ここは秦影に任せればいい」

「いいの？　死体をほうっておいて」

「皇上のご命令の方が重要だ。それに皇太后さまは高齢だから休まれるのも早い。急ごう」

「え、ええ……そうね……」

この世界においては、皇帝の命令こそなによりも優先しなければならないことだ。現代人の凛には死体を放置して菊を届けるのは無責任に感じるが、皇城司の長官であり皇族である子陣にはそうではないらしい。なんの疑問も持たずに彼は鉢を抱えた。

物取りにしろ、事故にしろ、今は皇太后に菊を届けなければならない。それに凛にできることはもうなにもなかった。死体は役所に運ばれ、子陣の部下たちが聞き込みを行っている。

「行くぞ」

子陣が先に歩き出し、急《せ》かすように言う。凛は「待って」と言って小走りに彼に追いついたが、一度だけ、死体を振り返り見た。

——一体、なにがあったんだろう……。


翌日、凛は後苑の仲間に別れを告げて、新たな職場である尚食局に赴いた。ここの職場はしっかりしたところのようで、凛は役所の前庭で宮人女官全員に紹介された上で「ご昇進おめでとうございます」と迎えられた。後苑と違って統制の取れた職場だった。

「こちらが凛司膳に担当いただく尚食局の米蔵でございます」

上司にあたる尚食局の長も遠慮がちに皇帝の義理の姪《めい》である凛を遇する。かなりよい待遇だ。しかし、嫌がらせではないのだろうが、案内された米蔵は埃《ほこり》っぽいだけでなくかび臭い場所で、鼠の糞《ふん》が部屋の隅に落ちている。三段の棚にひしめくように米袋が積まれ、それが蔵の奥まで続いていた。凜は埃を片手で払いながらそれを見て回った。

「やりがいはありそうね……」

腰に手を当てて蔵の中を見回し、案内してくれた女官に礼を言い、一緒に異動となった小葉とともに箒《ほうき》を持つ。窓を開けて風を通すと、いっそう埃が舞って二人はくしゃみを連発した。

「掃除は私がいたしますわ、お嬢さま」

「いいの、いいの、小葉。わたしもやる」

凜は蔵の奥から箒で掃き始めた。掃きながら麻の袋に詰められた米袋を見て思わず溜め息が出る。どれが古いものでどれが新しいものか分からない。上米も古米も同じ棚に並べられている。前任者はかなり適当にやっていたようだ。以前からここで働いている宮人内監を呼んで来て、誰にでも分かるように並び替えるよう指示する。

そして凜は窓際に机と椅子を自ら運んで来るとしっかりと拭《ふ》いた。脚の長さがどうも違ってぐらぐらするので、反故《ほご》を重ねて四つの脚の高さが揃うようにした。これで執務机はどうにかなりそうだ。

「黒漆の机を小琴楼《しょうきんろう》からお運びしましょうか、お嬢さま」

小葉は机の酷《ひど》いありさまにそう申し出てくれたけれど、凜は別段こだわらなかった。

ただ、お気に入りの硯《すずり》と筆立てを並べ、水差しを所定の場所に置くと気持ちが落ち着いた。皇帝から頂いた玻璃《はり》の花瓶を左右に立て、萩《はぎ》を一枝飾れば初めての場所なのにしっくり来る。

「ほら。道具を飾れば、そんなに悪くないね」

「そうですね、お嬢さま」

小葉はにこやかだ。忙しい部署にいるよりは、静かな場所でのんびりするのも悪くない。後苑のように肥を撒《ま》く必要も、土で爪を痛める心配もなかった。凜は筆をとって紙にさらりと文字を書き入れた。

「春は、あけぼの。やうやう白くなりゆく山際《やまぎ》は、少し明りて紫だちたる雲の細くたなびきたる。

夏は、夜。月の頃はさらなり。闇もなほ、螢《ほたる》の多く飛び違ひたる。また、ただ一つ二つなど、ほのかにうち光りて行くもをかし。雨など降るもをかし――」

文学部卒の凜の卒論は『枕草子』だ。もうしばらく経ってしまったが、今でも冒頭くらいは覚えている。凜は窓の外を見て、香華宮の美しい建物群に目を向けた。気分は有閑女官だ。平安《へいあん》時代の女房たちは、きっとこんな風に優雅な時間を過ごしたに違いない。

「小葉、香炉峰《こうろほう》の雪はどんなかなぁ」

片付けものをしていた小葉は意味が分からなかったのか、目をぱちくりしてこちらを向いた。

「さあ、まだ積もっていないのではありませんか」

冬でもないのに、雪の話をされて小葉は困惑顔だ。清少納言《せいしょうなごん》ごっこをしようとしていた凜は少しがっかりした。かたんという物音に顔を上げると、戸が開いてさっと風が入り込んでくる。子陣が敷居を跨《また》いで蔵の中に入ってきた。

「簾《すだれ》を撥《かか》げて看《み》る、か？　凜、一体どうしたんだ。急に詩に目覚めたなど。明日《あした》は雨か、異民族が攻めて来て矢が降ってくるか」

「嫌なお義兄《にい》さま」

凜は口を尖《とが》らせた。子陣は凜が書いた紙を取り上げると、熱心に読む。

「なかなかいい文章だ。だが、これは妹妹《メイメイ》の言葉ではないな。そうだろ？」

「どうして分かるのよ」

「凜なら季節ごとの食べ物を記すはずだからな」

凜は腹を立てたふりをして、そっぽを向いたが、実のところ、その方が面白そうだ。杭州の季節ごとの食べ物を随筆に綴《つづ》ったら受けるかもしれない。まずは重陽から始めるのがいい。人々の様子や菓子の名前を挙げ、宮廷の様子を優美な文字で綴る――。

「それで？　何しに来たの？」

「もちろん、昨日の死体のことだ。身元が判明したぞ」

「あ、ああ……」

「凜が気にしているかと思って来てやったのだ」

子陣は勧められてもいないのに、椅子に腰掛ける。凜は仕方なく自分も席についた。

「もう身元がわかったの？　早かったわね。昨日の今日じゃない」

「ああ。翰林《かんりん》天文院の天文官の張賛という七品官吏だ。まぁ、下級官吏だな」

「ふうん」

「家族が朝早く、巡検《けいさつ》に問い合わせして分かったのだ」

聞けば、重陽の日は家族で過ごし、夕方から好きな講史を聞きに酒楼を訪れたという。酒を飲みながら、それを聞き、戌《いぬ》の刻に終わるとすぐに店を出たらしい。

「酒楼を出たのを妓女が見ていた。酒に酔っていて足取りはおぼつかなかったという。家族はいつも時間通りに帰ってくる主《あるじ》が朝になっても戻らないのを心配して、日が昇るとすぐに巡検《けいさつ》に届け出たってわけだ」

「それで死因は？」

「死因は頭部の強打だ。目撃者がいないから経緯は不明なままだ。おそらく酔って川に落ちたのだろう。その時に頭を石かなにかにぶつけた。そんなところだ」

「お金は持ってなかった？　講史に行ったのなら少しはあったはずよ」

「所持品はなかった。もし巾着《きんちゃく》なり袋なりに金を入れていたなら、川底に沈んでいるかもしれないが、なにしろ深い。探し出すのは困難だ」

凜は納得がいかなかったが、それ以上は追及しなかった。踏み込みすぎるといつものように面倒事に巻き込まれてしまう。

「それより、徐玲樹の話は聞いたか」

「え？　玲樹さま？　ううん。どうしたの？」

「元気にやっているようだ。父上のところに文が届いた」

「それはよかった。心配だったの。あんな優雅な人だから田舎暮らしで苦労しているんじゃないかって」

子陣は鼻で笑う。

「流刑とは言え、父上の領地の台州《だいしゅう》だ。奴が何を台州でしていても、朝廷は干渉することはできない。それこそ優雅に台州府の屋敷に住まって琴を弾きながら、不遇を嘆く詩でも詠んで暮らしているのだろう」

凛は安堵《あんど》の表情を浮かべる。子陣は面白くなさそうに脚を組んだ。

「ああいう奴だ。どこに行ったって図太く生きられる。心配は無用だぞ、凛」

「そんなことを言って。従兄《いとこ》なんだから、仲良くしなきゃ。それに横領していた軍費だって玲樹さまは返済したんでしょう？」

「ああ。満額返したよ」

「ならわたしたちは玲樹さまの家族だもの。誰よりも先に許してあげないと」

「まぁ……そうだな……父上も玲樹のことを何かと気にかけているから、そのうち俺も台州に行ってみようかと思っている」

「うん。そうしなよ。玲樹さまもきっと会いたいと思っているはずよ」

なんだかんだ言って、子陣は徐玲樹を心配していた。「父上が気にかけているから」

「凜が案じていたから」そんな前置きをして仕方なさそうな顔で台州へ行くのは目に見えている。

　凜がからかうような視線を送ると、彼はゴホンと咳《せき》払いをして目をそらした。その様子が面白くて、凜は何かもっと言ってやろうと身を乗り出した。が、外を人が歩く物音がしたかと思うと、部屋の日なたで寝ていたアヒルの呱呱《ここ》が突然、むくりと起き上がり、羽を広げて騒ぎだした。

「ぐわっ！　ぐわっ！」

「凜司膳はいらっしゃいますか」

　同時に遠慮がちに戸が叩《たた》かれる音がした。どうやら来客だったようだ。凜は暴れる呱呱を抱きかかえて戸を開けた。

「はい、どうぞ」

　朗らかに入って来たのは福寧殿の内監、孔都知《こうとち》だ。都知の正式名は内侍《ないじ》省左班都知で内侍省の実力者《ドン》である。内監宮人女官を掌《つかさど》り、名は孔炎《こうえん》。皇帝の私的な秘書官でもある。脂がのった四十代で俊敏だ。裾《すそ》から覗《のぞ》く靴が美しく、皇帝から賜った濃い緑の玉佩《ぎょくはい》を腰から垂らしている。凜はお辞儀をした。

「孔都知にご挨拶《あいさつ》いたします」

「おお、凜司膳。どうぞ私たちの間で挨拶など不要です」

　孔都知は、椅子に座っている子陣にも気づくと、丁寧に「郡王《ぐんおう》殿下に拝謁いたします」と拝手した。子陣は面倒くさそうに「顔を上げよ」と促す。凛は思いがけない人の来訪に白い歯を見せた。

「今日はどうされたのですか」

「尚食局に異動と聞いて様子を見にきたのです。なにか不自由していることはありませんか」

孔都知は感じのいい男で、香華宮では上司にしたいナンバーワンと言われている。小さなミスならうまく取りなしてくれるし、部下を大事にする。官位は六位と低いながらも、皇帝と毎日会話をする重要なポストにいるので、権力はそこらの官吏よりずっとあった。

福寧殿に出入りする凛とは以前から親しい間柄で、出世する人はやはりどこか違うと凛は常々思っている。威張らないのに威厳があり、動作がきびきびとしていて、嫌みがない。

「万事問題ありません。ご心配をおかけしています」

「皇帝陛下が必ず凛司膳のことをお尋ねになりましょうから、訊《たず》ねられる前に見に来た次第です。祝いがてらに菓子を持ってきたのでお茶の時間にどうぞ召し上がってください」

後ろから部下が現れた。手には茶菓子を持っている。

渡された漆の盆には、色合いの美しい蒸した米餅《こめもち》と干し葡萄《ぶどう》が散らされた炊餅《むしパン》があった。どちらも高価な宮廷菓子だ。凜は顔をほころばせた。

「嬉《うれ》しい！　お気遣いありがとうございます！」

「いえいえ、大したものではありませんよ。なにか必要なものがあれば仰《おっしゃ》ってください。ご用意いたします」

「それはありがたいです。なにかあったらお願いします」

「どうぞ、遠慮なく。それではこれで失礼します」

孔都知は凜と子陣に頭を下げて部屋を出て行った。

凜は子陣と小葉を見る。

「お菓子もらったよ！　食べようよ」

だが、子陣は首を振った。

「いや、俺はいい。小葉と二人で食べろ。面倒なことに水死体についての報告書を書かなければならないからな」

凜はあの死体についてもっと調べるべきではないかと言おうとしたが、思いとどまった。子陣は早期決着を望んでいるようだし、凜もまた余計なことに首を突っ込む気はない。凜はたまたま通りかかっただけで、死体とはなんの関係もなく、他殺である確証も皆無だ。口をキュッと閉じた。

「じゃあな」

子陣がひらひらと手を振って部屋を出ていった。凜は皇帝が食べるのと同じ宮廷菓子を頬張り、開け放たれたままの窓の向こうに季節が移ろう西の空を見上げた。

3

尚食局は香華宮のすべての食事を掌《つかさど》る。皇帝の三食から後宮の妃嬪《ひひん》、宮人女官までの食事である。材料の調達、管理、調理、配膳《はいぜん》、片付けまでが仕事だ。司膳の凜は尚食局のナンバー二という高級女官であるが、自らが望んだ通り、米蔵の管理が主な仕事となる。尚食局のメイン業務は通常はない。

「ここが献上米。ここが上米、下米と古米はここ。麦はあちらに置いて」

配属されて半月以上が過ぎ、十月になると、蔵はかなり片付いて、どこになにがあるか一目瞭然《いちもくりょうぜん》となった。皇帝の米は極上の江南《こうなん》からの献上米で、鍵《かぎ》のついた棚に収めてある。妃嬪たちの上米は風が通り、日光が差さない暗い場所に置いた。宮人が食べる古米は入口近くにうずたかく積まれている。

「古米はいいとして、宮人たちの食事がほとんど麦なのはかわいそうよね……」

宮人たちの食事は、麦と古米を八対二で交ぜた、ほぼ麦飯といっていいものなのだ。凜は食事の改善を考えるが、ビタミンB_1不足は脚気《かっけ》の原因になることを知っているので、麦をむやみに減らすのはよくないとも思う。

「皇上の食事も栄養のバランスに気をつけてさし上げないと」

蔵番とはいえ、皇帝のお呼びさえあれば、凜も給仕を行う。メニューに関して気を遣うのは当然だ。その日の献立には必ず目を通し、意見を言う時もある。

とはいえ、それほど忙しいというわけではない。毎日の米の消費量は大きく変わらないので、ある程度、前日の内に次の日に使う分を量って分けておき、調理の係に渡せば仕事は終わる。

「凜！」

米を袋に詰め終え、手についた埃《ほこり》を払っているときに窓から顔を出したのは、ゆるふわ三つ編みをした安清公主だった。凜が作ってプレゼントしたミニショルダーを斜め掛けにし、小説のアイデアを書き入れるための冊子と筆を入れている。凜のファッションをなんの躊躇《ちゅうちょ》もなく受け入れてくれる彼女の柔軟性はかなりのものだ。

「おはようございます、公主さま」

「おはよう、凜。暇でしょう？　前、あなたが話していた『源氏物語』っていうお話の続きを聞きたくて来たの」

「ええ……もちろん……いいですよ」

紫式部《むらさきしきぶ》を完全にパクり、しかも曖昧《あいまい》な記憶を頼りに語って聞かせたのだが、どうやら公主はお気に召したらしい。桐壺《きりつぼ》の次帖《じょう》の冒頭すらよく思い出せないのに、安請け合いしてしまった凜は、公主に薄ら笑いをする。

「じゃ、後苑にでも行きましょうか」

「ええ。紅葉が綺麗《きれい》よ」

二人は連れだって内廷を後にし、後苑を目指す。この世界では、一、二、三月が春で、四、五、六が夏。七、八、九月が秋だ。十月はもう冬で、色づいた木々が柔らかな陽射しに輝いて美しかった。しんみりとした雰囲気に鳥のさえずり、葉ずれ、すべてが情緒的な気分だ。朗らかな陽気に冷たい空気が気持ちいい。

「いい天気ですね、公主さま」

「ええ。でももう一月《ひとつき》も雨が降っていないわねぇ。毎日晴れだとなんだか変な感じ。雨が恋しくなるなんて思ったこともなかった」

凜は同意した。

「確かに。今年の夏もあまり雨が降りませんでしたし、どうしたんでしょう」

公主は三つ編みを弄《もてあそ》びながら頷《うなず》く。本当に可愛い人だ。現代にいたら、丸い大きな眼鏡を買ってあげたい。近視の彼女にはぴったりできっと似合うだろう。

「ああ、そうだ。凜、あの話を聞いた？」

「あの話とはなんですか」

突拍子もなく話を変えた公主が空を指差す。

「熒惑《けいこく》が不穏な動きをしたんですって」

凜は首を傾げる。

「あの……熒惑ってなんですか」

「熒惑は惑星よ。歳星・熒惑・鎮星・太白《たいはく》・辰星《しんせい》の五星の一つ、知っているでしょう？」

凜はああと合点した。この世界では当たり前のこと――つまり五星、木星・火星・土星・金星・水星のうちの火星のことだ。凜は彗星《すいせい》が天を駆けた日にこの世界に来たので、多少、天文に関しては興味を持っていた。だが――不穏な動きとはなんなのだろう。

「不穏とはどういうことですか、公主さま」

「私もよく分からないのだけど、天文を掌《つかさど》る翰林天文院の報告では、熒惑は五行のうちの火に当たるから、反乱や戦乱、飢饉《ききん》や、疫病などをもたらす不吉な星らしいの。それが五潢《ごこう》という星宿に入ったから、なにかが起こるんじゃないかって話よ」

「へぇ」

凜は興味深く聞いたが、朝議を行う垂拱《すいきょう》殿で重臣たちが星の動きについて大真面目に議論していると聞くと馬鹿馬鹿しいと思った。しかし公主はいたって真剣だ。凜は訊ねる。

「熒惑なんかを議論してどうするんですか。ただの迷信でしょう？」

公主が呆《あき》れる。

「馬鹿ね、凜。天文の異常は天下の一大事よ。漢《かん》朝の人によれば、国に失政があったとき、天はまず〝災〟を地上に下して譴告《けんこく》し、それでも改めないときは〝異〟を出して威嚇するの。それでもだめなときは国を滅ぼす、て言うんだから」

凜はきょとんとする。まだよく分からない。

「あの……災と異とはなんですか」

「災は小さい災害、異は大きな災害。これから起こる天変地異は、お父さまの失政に責任があるっていう話なの。だから問題になっているのよ……」

凛はようやく話が分かった。この世界では、天体の異常現象はすなわち天の意思の表れで、皇帝が国政を誤っている証《あか》しになってしまうのだ。災害はその天罰である。だからそれを予知しようとこの世界では天文学が発達したのだ。

――でもまぁ、迷信だしね。

現代人の凛にとってはくだらない話だった。

「去年の彗星の騒ぎだってようやく忘れられたばかりなのに……」

凛ははっと公主を見た。

「去年の彗星の時も同じ騒ぎがあったんですか」

「え、ええ……もちろんよ……」

公主は楓《かえで》の木の下にある石の長椅子に座った。凛もすぐに横に並ぶ。

「去年はどういう話になったんですか」

「去年は確か――公田《こうでん》法という法がよくないという議論になったみたいだけど、税法だから反対が多くて改正できなかったらしいわ。だからきっとその話がまた蒸し返されることになるでしょうね」

子陣に訊ねればもっと詳しい話が聞けるかもしれない。凛はいても立ってもいられなくなって、すくりと立ち上がった。

「すみません、公主さま。思い出したことがあります。『源氏物語』はまた今度！」

「え？　え？　ちょっと凜、待って！　待ってったら！」

凜は公主を置いて、尚食局の蔵へととって返した。昨年、確か多くの人が、彗星が天を駆けた理由を成王府《せいおう》に問いに来て、成王は人に会おうとしなかった。その理由は星の異変が政治の失政に関わっていると思われているからで、むやみな皇帝批判につながることを避けるためだった。

凜は子陣と話さなければと思う。彗星の意味を知ることができれば、自分がこの世界に転生した理由が分かるかもしれない。

しかし、凜が尚食局の蔵にたどり着く前に、中から小葉が飛び出して来た。

「お嬢さま、大変です！」

「小葉、どうしたの？　そんなに慌てて――」

「それが、明日《あした》使う分の米が入荷していないのです」

「え？　なんで――」

凜は蔵の中に入って、帳簿を開く。香華宮は多くの米を消費するので五日に一回、米を米商人から買い上げている。米商人が納める米の質、量、値段は厳しく決められていた。最優先で入荷すべき米が入らないというのはありえない。どういうことか――。

小葉は青い顔をしていた。

「そ、それが……米の値が急に上がっているらしいのです。そのため、商人が決められた価格で米を入手するのが難しいらしく、しばらく待ってくれと言うんです……どうしたらいいんでしょう……」

「今日の分はあるの？」

「今日の分はありますが……それ以降の上米の用意がありません……」

　これは責任を問われそうな事案だ。特に上米は妃嬪《ひひん》たちが食べる米である。美食家の彼女たちに下米を出して気づかれないはずはない。猛烈な反発を食らうのは目に見えている。

「とりあえず、炒飯《チャーハン》なんかにして誤魔化しましょう」

「上米でないと知られれば大変なことになりますわ……」

「その時はその時。責任はわたしがとるから心配しないで」

「そうですわね……そうするしか方法はありませんわね……」

　──それにしてもなんで急に米の値段が上がるわけ？

　凜のその疑問はすぐに解けた。午後、医者見習いをしている悠人がこっそり米を分けて欲しいとやって来たのだ。

「凜、悪いけどさ、一升ばかり米をくれないか」

「は？　尚食局の米を横領なんてできっこないじゃない。それに、こっちだってお米が足りなくて困っているんだからダメ」

「少しくらいいいじゃないか。古米でもいいからさ。な？」

木綿の衣に白いエプロンを着けた悠人は引く様子はない。どうせその日暮らしだから
と、一日分の米しか宿舎に買っていなかったのだろう。しつこく手を合わせて頼むので、
凛は仕方なく、自分が食べる分の米を袋に入れた。

「お米が急に値上がりしてるって聞いたけど、そのせいで困ってるの？　どれくらい高くなったか知ってる？」

「そうだな……街では三割は急に上がったかな。オレたち庶民には大問題だ。カツカツだから、他に家計で削れるところもないし、正直、困ってる」

「きっと一時的なことじゃない？　いつまでも高い値ってわけではないと思う」

「そうだといいんだけどなぁ。聞いた話によると南で飢饉が起こっているらしいぞ。食糧を求めて他の地に移る避難民も多くて、このままだと疫病の危険もあるらしい。医者を派遣するかどうかが議論されているみたいだ」

凛は驚いて瞠目《どうもく》した。公主が言っていた天文の予言が当たったからだ。

――そんなことってある⁉　星が地上の異変を予言するなんて！

いや、しかし、ここは異世界。現代世界ではあり得ないことが起こってもなにも不思議ではない。凛は呪文のようにそう自分に言い聞かせた。

「ありがとう、じゃな」

悠人は凛からわずかな米をもらうと、代わりに手荒れにいいという軟膏《なんこう》を机に置いて

いった。陶器の蓋《ふた》を開けると、花の匂いがする。普通の軟膏ではこうはいかない。悠人が工夫したのだろう。彼も彼なりに頑張っているのだ。小葉と共に手に塗っていると、戸の向こうから声がした。

「凜司膳はいらっしゃいますか」

「あ、はい」

見れば福寧殿の女官だ。丁寧にお辞儀を互いにしてから、彼女は用件を口にした。

「皇帝陛下が昼食は凜司膳が給仕するようにとのことでございます」

凜は珍しい呼び出しに顔を上げた。

4

皇帝が凜を呼び出すなど珍しい。

凜は尚食局の女官が不安げに手渡した盆を受け取った。見れば、ずいぶん質素な献立だ。凜は驚く。普段は二十数品ある菜が、肉なしの三品しかない。いったいどうしたことだろう。凜は長い裾《すそ》をひきずって皇帝のいる福寧殿へ急いだ。回廊を行くと孔都知が入口に立っており、神妙な顔で戸を開けてくれた。

「どうぞ」

「ありがとうございます」

部屋に入ると、上座に皇帝が、下座に子陣が座っていた。どうやら二人で雑談していたらしい。凜が入ると会話は途切れた。凜は黙って食事を運ぶ。しかも、食事をする卓ではなく、執務を執る机で食べる気らしい。凜は硯《すずり》や筆を脇に片付ける。

——どういうこと？

子陣に目で問うたが返事はない。

家族で仲良く昼食をとろうなどという雰囲気ではない。子陣は深刻そうに口をつぐみ、皇帝は書類を片手に箸《はし》を持つ。給仕係の凜は黙って皇帝の後ろに控えた。皇帝の食は進まず、いくつか野菜をつまみ、御飯だけは残さずに食べると凜以外の女官に下がるように命じた。そしてゆっくりと凜を振り返る。

「聞いたか」

——な、なにを？

相手は皇帝だ。聞き返せない。こういう時の正しい答えは——。

「いいえ、なにも伺っておりません」

凜は静かに頭を下げる。

「うむ。翰林天文院からの奏上の件だ」

凜は皇帝を見、すぐに視線を下げた。

「熒惑《けいこく》の件なら公主さまより伺っております」

「そうか。なら話は早い。星の軌道の異変は朕の不徳のいたすところ。重臣たちの進言を容《い》れて、しばらく福寧殿で謹慎することが決まった」

凛は驚いた。皇帝が謹慎するとは、思ってもみなかった。だから食事の品目が減らされ、福寧殿に務める者たちが緊張した面持ちだったのだ。

「しばらくは重臣たちが朕に代わって政務を掌《つかさど》る。朕は垂拱殿に関われなくなった」

垂拱殿に関われない――つまり皇帝は正殿に出御できず、政治の中枢に立てなくなったことを意味する。凛は重苦しい空気に頭を下げた。

「子陣と会うのも控えた方がいいだろう。それゆえに連絡係をそなたに命じようと思い呼んだのだ」

――なるほど、給仕係なら必ず皇帝の側に行けるものね。

「かしこまりました、皇上」

「ついては、そなたたちに街の様子を見てきて欲しい」

「ま、街の様子ですか……」

意外な任務に凛は子陣の顔を見た。

皇帝は続けた。

「臣下たちは皆、巧言令色ばかりで真実を朕に告げない。信用できる者に真の杭州の街の様子を調べて来て欲しいのだ。どうやら米の値がかなり上がっているらしいな」

「わたしもそう聞いています」

「実際のところどうなのか、香華宮を密《ひそ》かに離れて詳しく調べてくれ」

凛は拝手した。

「拝命いたします。あの……あと、一つ申し上げてもよろしいでしょうか」

「うむ？　なんだ？」

「米の値段が急騰しており、香華宮に出入りしている商人の米の納入が遅れております。品質を落とした米を使うことをお許しください」

皇帝は不満をわずかに目に宿した。

「けしからんな。皇室をなんだと思っているのだ。まぁ、品質を落とすことはかまわん。朕すら謹慎で食事の量を減らしているのだからな。文句を言う者がいたら、そう伝えよ」

「御意」

凛はふぅと心の中で息を吐く。

この世界に来たばかりの時は、皇帝の前でどう振る舞ったらいいのかすら分からなかった凛だが、今は自然と美しい礼ができる。皇帝は満足そうにし、子陣の方を向いた。

「なにかあれば、凛を通じて朕に奏上せよ」

「御意」

「下がってよろしい」

凛と子陣はそのまま三歩後ろに下がると、向きを変えて部屋を出た。廊下で誰もいないのを確認すると、凛は彼の袖《そで》を摑《つか》んだ。

「どういうこと？」

「どうもこうも、皇上がおっしゃった通りだ。今から、街に向かおう」

子陣はどんどん歩き出してしまう。凜は女官服では目立つので、小琴楼で小葉の翡翠《ひすい》色の褙子《うわぎ》（半袖《はんそで》の上衣）を借りて羽織ると子陣とともに東華門に急ぎ、出入りの女商人を装って香華宮を出る。そして自分の心配事——米の調達もせっかくの機会だ。ここで片付けてしまいたいと思った。

＊

真昼の杭州の街は夜の街とは違った賑《にぎ》わいがあった。もっこ担ぎの男が西湖《せいこ》で獲《と》れた魚を売り歩き、郊外からやって来たらしき農婦がとれたての野菜を売る。大通りには陶器を売る店、絹を売る店、絵や美術品を売る店などが戸を大きく広げて客を待っている。

店の者が声を張り上げ客引きをし、一見すると物価上昇などないかのようないつもの杭州の街だ。

「舟で行こう」

子陣が水路を行った方が早いと提案し、二人は皇城司が所有する小舟に乗り込んだ。

「まずは米の団行《ギルド》の行頭《ギルドがしら》に話を聞こう」

「団行？　行頭？　それってなに？」

子陣が丁寧に説明する。

「団行は商工業者の業種別組織だ。米の団行を米行《べいこう》といい、政府が市場の秩序を維持するのに協力する義務がある。また時に役所が物価を抑え、市場を安定させるのに協力する組織だ。行頭はその頭だ」

「へぇ」

「香華宮に納められる米は一日、千から二千石。すべて団行の米屋から調達される。産地は蘇州《そしゅう》、湖州《こしゅう》、常州《じょうしゅう》、秀州《しゅうしゅう》や、淮南《わいなん》など、地方に依存している」

「そうなんだ」

凜はやっと理解した。子陣はさらに続ける。

「杭州の人口は多く、城壁内外を会わせて百十万人は下らない。その食卓を支えているのが米屋であり、米行だ。今、米がないからと言ってすぐに南方から杭州に運ぶことはできないのだろう」

舟は皇太后の住む徳寿宮のすぐ側、朝天門《ちょうてんもん》の橋の前で止められた。

子陣は先に舟から飛び降りると、凜に手を差し伸べる。凜はそれをしっかり握って、おっかなびっくり降りた。

「ここを右に行ってすぐだ」

石段を上がり、賑やかな大通りに出ると、昼は食堂、夜は酒楼として営業している建物の横を通り過ぎた。そしてすぐに異変に気づく。一つの建物に数百人が群がっていたのだ。手には杓子《しゃくし》や升。口々に、

「米を売れ！」

「出て来い！」

と騒いでいる。

凛と子陣は顔を見合わせた。

「どういうこと？」

「行ってみよう！」

子陣は凛の腕を摑んで群衆の後ろに立つ。とても前に出られそうにはない。

子陣の後ろで密《ひそ》かに警備していた皇城司の武官たちが、大きな声を張り上げた。

「皇城司だ！　そこをどけ！」

それでも人々は米行の米屋の戸の前から離れようとしない。仕方ないと、武官たちは人々を押しのけて子陣と凛のために道を作ってくれた。

「なんか、申し訳ない感じだけど……」

「騒ぎの理由も聞かなければならないから仕方ない」

子陣もため息交じりだ。

「皇城司だ！　戸を開けよ！」

子陣は剣の鞘《さや》の先で激しく戸を叩《たた》いた。その時にはもう群衆も静まり返り、ことの成り行きを、固唾《かたず》を呑《の》んで眺めている。

「開けよ！」

もう一度、子陣が声を張り上げると、そっと少しだけ戸が開いた。武官の制服を着ているのを見て、米行の米屋の使用人が驚き、すぐに戸を全開にして拝手する。

「行頭《かしら》はいるか」

「あ、はい。ただいま」

使用人は客用の小上がりを凜と子陣に勧めた。子陣は靴を脱がずに脇に腰掛け、脚を組む。凜は上がり、正座で座ると出されたぬるい茶を飲んだ。

「お、お待たせ、いたしました！」

大汗を掻《か》いて現れたのは、髻《もとどり》を結うのもおぼつかないほど額が広い壮年の男だった。子陣とは面識があるのだろう。膝《ひざ》を折って跪《ひざまず》き、床に張り付くように額《ぬか》ずく。

「ぐ、郡王殿下に、は、拝謁いたします……」

「晋《しん》行頭、これは俺の義妹《いもうと》で尚食局の司膳だ。なにやら、香華宮の米の納入が遅れているそうだな。子細を述べよ」

行頭は晋というらしい。

だらだらと暑くもないのに汗を掻きながら顔も上げられない。

「すぐにご用意いたします。なにぶん、急に米の値が上がりまして……どうすることもできず……やむを得ず遅れた次第でございます……」

子陣がわざとらしいため息を吐いてみせた。

「この件はすでに皇帝陛下のお耳に入っている。即日、なんとかしないと重い罰は免れぬだろう。『けしからぬ』と仰せだったからな」

「は、はい……必ず。必ず……」

凜は少し男が気の毒になった。

「それで、どうして急に米の値段が上がったりしたんですか」

凜の声音が優しかったせいか、晋行頭はわずかに頭を上げた。

「それが――奇妙な話なのですが、おかしな噂が杭州に流れているのです」

「おかしな噂って？」

「熒惑《けいこく》に異常が現れ、飢饉《ききん》になるという噂でございます。噂を聞いた者たちが皆、豪商から庶民にいたるまで、突然米の買いだめに走ったので、米が市場から消え去ってしまったのでございます」

凜は驚いた。

熒惑の話を香華宮で働く凜が聞いたのは、今朝の話だ。もう市井に漏れているとは驚きだ。おおかた、口の軽い官吏たちが漏らしたに違いない。凜はあきれかえった。

「飢饉が起こると思って皆が米を買いあさったというわけね？」

「さようでございます。ここのところ、雨が降らないこともあって噂を信じる者が多く、米の値が上がり、国と約束している価格で米を集めることが難しくなりました……しかし、それもすぐになんとかいたします……」

米行は政府から許しを得て米の商売ができる米屋の組合だ。国へ米を納められないのは死活問題だ。身を切っても米を集めると行頭は額ずいて約束した。

「行きましょう」

ここにいつまでいても埒《らち》があかない。子陣が小言を並べ始める前に凜は促した。子陣はそれに黙って従い、戸口で待っていた庶民たちを見回すと、また息を吐く。

「香華宮の米はなんとかなるだろう。だが、庶民はそうはいかない。買い占めが始まって困るのは結局、なんの罪もない民だ。市場の米が減れば値段はどんどん吊《つ》り上がる。手が出ない民もたくさんいるだろう」

「ええ……」

だからと言って、香華宮の米を庶民に分けることはできない。そんなことをしたら、明日《あした》から香華宮の宮人女官はなにを食べたらいいというのだ。凜の首もかかっている。

「心配するな。しばらくは高騰するかもしれないが、すぐまた元に戻るさ」

「そうだといいのだけど……」

「次は南の珠子市を見てみよう」

「珠子市って？」

「杭州でも指折りの大きな市場だ」

「実際の街の価格をみるってことね？」

凜と子陣は朝天門の橋の船着き場に急ごうとした。しかし、その階段前で子供らが輪になって遊んでいて二人は足止めを食らった。四つから八つくらいの子供たちが歌いながら踊っている。

「すずめさん、すずめさん、稲穂をつまんで、さあ、ぜんぶお食べなさい。蝗《いなご》さん、蝗さん、麦をつまんで、さあ、飛んで行きなさい。地は水浸し、龍《りゅう》さま、龍さま、ぜんぶ召しあがって笑っていらっしゃい」

その瞬間、子陣の顔がみるみる青くなり、身体がぐらりと傾く。凜はその腕を摑《つか》んで支えた。

5

「どうしたの？　お義兄《にい》さま、大丈夫？」

凜は子陣を支えながら訊《たず》ねる。

「あ、ああ……」

童謡などになぜ子陣がこんなに狼狽《ろうばい》するのか。

「お義兄さま？」

子陣はよろよろと身を立て直すと、子供たちに「あっちへ行け！」と怒鳴って追い払った。可哀想な子供らはなにを怒られたのか分からず半泣きで逃げて行く。子陣らしくない行動だ。

「一体、急にどうしたのよ、話して」

「まずいことになった……」

凜は長身の彼を仰ぎ見た。

「流行《はや》り歌は名もなき人の声だ……それが不吉な歌詞だとすれば――」

「民意ってこと？」

子陣は帳面に、さきほど聞いた歌を書き留める。

『すずめさん、すずめさん、稲穂をつまんで、さあ、ぜんぶお食べなさい。蝗さん、蝗さん、麦をつまんで、さあ、飛んで行きなさい。地は水浸し、龍さま、龍さま、ぜんぶ召しあがって笑っていらっしゃい』。まず雀が稲穂を食べるとは鳥害を表し、蝗が食べるとは蝗害《こうがい》のことだ。貴族や上流階級を揶揄《やゆ》しているのだろう。地が水浸しとはそんな民の状況で、龍とはもちろん皇上のことに他ならない。つまり、これは飢饉で苦しんでいる民を皇上が笑って見ていることを暗示している、違うか？」

凜にはそんなに真剣に考えることでもないと思うが、そういえば現代日本でもサラリーマン川柳では政府への批判がうたわれたものもあったなぁと思いだした。この世界には参政権もないし、民が為政者を選ぶことはできない。溜《た》まった不満を吐き出す唯一の手段がこうした流行り歌なのだろう。

「米の値が上がり、対処しない朝廷への恨みは皇上への不満となる。これはまずいぞ」

「これもご報告するの？」

「もちろん。皇上もそれをお望みだろう。皇上は賢君だ。耳の痛いこともちゃんと聞いてくださる」

子陣と凜は黙って歩き出した。途中、道端で遊ぶ子供たちを幾度も見たが、あの歌を歌っている者はいなかった。皇城司の武官が背後にいるせいか、子陣に対して誰もが緊張し、関わりを持たないようにしているように見えた。

「ここが珠子市だ」

舟を降り、橋を渡って少し北に行ったところに市はあった。子陣はすぐに、戸を閉めている立派な店構えの米の小売店を見つけると、その戸を叩いた。が、凜は店には入らずにその前で野菜を売る老婆に声をかけることにした。

「あの、ちょっとお聞きしてもいいですか」

「へい」

「米屋はいつから閉まっているんですか?」

「昨日からです」

「昨日はたくさん人が来ていましたか?」

「へい。それはもうすごい人だかりで。皆、競って米を買って、店では蔵が空っぽになったとかで、今日はやっていないそうですよ」

凜は礼代わりに野菜をいくつか買った。そして更に問う。

「米がいくらだったか覚えていないですか?」

老婆は少し考えた。

「三日前の張り紙には、一斗八十文とありましたね」

「で、昨日は？」

「一斗二百四十文と書いてあって、おったまげたものです」

——まさかの三倍？

凜は驚愕《きょうがく》した。そして自分が手に持っている野菜を見る。

「もしかして、野菜も値上がりしています？」

老婆は申し訳なさそうにする。

「へい。そうしませんと、こっちが米を買えませんからね」

凜は市を見回した。

もしかしたら米だけでなく、あらゆるものが値上がりしているのではないか。そうなれば、便乗値上げも起こり、市民生活は圧迫される。流行り歌通り、皇帝一人が豊かだと思う民は国への不満を高めるだろう。凜は慌てて露店の店をいくつも聞き回った。

「食料品だけでなく、日用品も値上がりしている……」

凜が途方にくれて米屋の階段の前に座り込んでいると、子陣が出てきた。彼の表情もそれほど明るくはない。

「二割ほど米の値が上がっているそうだ。今は在庫がないが、なんとか仕入れて明日には営業を再開すると言っていた」

凜は彼を睨《にら》んだ。

「そんなわけないでしょう？　お義兄さまは騙《だま》されている！」

凛は周囲の露店の店に聞き回った話をした。手には聞き出すために買った野菜や雑貨が山盛りだ。子陣も信じざるを得ない。

「数人に聞いた結果、あの米屋は普段の三倍で米を売っていたそうよ」

「三倍？　皇城司の俺に偽りを言ったのか！」

「役人に本当のことなんて口が裂けても言えないでしょうね」

子陣は米屋の建物を振り返ってにらみつけた。凛は彼の襟を摑む。

「問題は、米の値じゃない。市のすべてのものの値が上がっていることよ。大変なことになるんじゃない？」

子陣は凛がつけた帳面の価格表をめくって見る。「いつもの」値段がいくらか分からない子陣のために、普段の値も聞いてある。彼の顔は曇った。

「これがすべて飢饉《ききん》の予言のせいだと言うのか……」

「炭の値も上がっていた。炭がないと暖を取ることもできない」

「これは思っていた以上に深刻だな……」

凛と子陣はじっくり相談しようと、粗末な露店に腰を落ち着けた。卓が二つ並んでいるだけの、日本でいうところの素うどん屋で、小銭一枚で三杯は食べられる。ところが、店主に聞くと、ここも値上がりしているという。凛は帳面に値段をメモしながら、ふとある出来事を思い出した。オイルショックのことだ。

あの時もトイレットペーパーが買えないとパニックになって人々は買いだめに走ったという。しかし、そのまま現代のことを話しても子陣に通じない。凜は言葉を選びながら話し出した。

「昔、昔の話なんだけど――」

ずっと未来の話とは言えず、おとぎ話を語るような口調になる。

「あるとき、戦争が起こって、とある国の王さまが、これからは、ええっと……藁《わら》の生産を減らすって言ったの。そんなことを言われてびっくりした民が一斉にお尻《しり》を拭《ふ》くための藁を買い込んだのよ。それこそ老いも若きも、みんなよ。あっという間に藁の買い占めが起こり国中から藁がなくなってしまった」

子陣は呆《あき》れた顔をした。そして麺《めん》が来ると、露店の箸《はし》が曲がっていることを気にして眉《まゆ》を寄せた。

「馬鹿馬鹿しいな。藁などどこにでもあるのに」

「そう。そこなのよ。どこにでもあって困ることはないと誰もが知っているのに、『なくなったら大変だ！』って皆がこぞって買ったのよ。これを藁騒動って辺境では呼んでる」

子陣は興味深げにする。

「その話の出典はなんだ？　聞いたことがない」

「ええっと……わたしが昔住んでいた辺境の話よ。うん……そのずっと遠く昔の話。お義兄さまが知らなくても当然よ……」

「そうか……」

凛は箸を取った。

「話の要点は、『薬がなくなる』という嘘《デマ》の拡散によって、大衆心理のもとで皆が薬を買おうとつめかけたってとこ。薬が値上がりし、小売りの店では三倍で売れたっていうから、今のこの状況によく似ていると思わない？」

子陣は麺をすすった。あまり美味《うま》い食べ物ではない。それでも子陣は文句を言わずに麺を一本ずつ口の中に入れていく。

「似ているといえば似ているな」

「今、同じように『飢饉が訪れる』という噂を信じて民は買い占めに走っている」

「買い占めを控えよという命令を出すように皇上に奏上してみよう」

凛は首を振った。

「逆効果よ。誰も従わない。すくなくとも辺境のその国ではあまり効果はなかった」

「じゃ、どうしたらいいんだ」

凛は箸を口に入れたまま考えた。

「たしか――その国では薬の標準価格を定めた法律を作ったんだと思ったけど……」

凛はもう少ししっかりと高校でオイルショックについて勉強しておけばよかったと後悔した。近現代史はそれほど好きな教科ではなかった。

「米の値を一定に定めることは難しいな。毎年、出来高が変わるし、品質によって値段が違うのは当たり前のことだ」

凜は、それはそうだと納得し、他の方法を考える。

「じゃ、国が備蓄している米を民に放出することはできない？」

「放出？」

「この世の中は需要と供給で物の値段は変わるの」

凜は箸を筆にして汁で卓に需要と供給のグラフを描いた。高校の時、現代社会で習ったのを思い出したのだ。

「売り手の商品の数よりも買い手の欲しい数が少ないと、商品が売れ残るから物の価格は下がるでしょう？ 買いたい人の商品の数より売りたい人の商品の数が少ないと、今度は商品が足りなくなって価格は上がる」

「当然のことだ」

子陣はスープを飲み干してどんぶりを置いた。凜は更に説明した。

「それを需要と供給と言って、需要量と供給量が一致したときの価格を『均衡価格』と言うのよ」

凜は箸で二つの線が交わったところを指した。

頭のいい子陣は凜が言わんとしていることを理解したようだが、言葉を発しようとはしなかった。凜はだから続ける。

「つまり国の備蓄の米を民間に放出すれば、供給量が増えて自然と価格は下がり安定するんじゃない？　ね？　いい案でしょう？」

子陣は臂《ひじ》を卓についた。少し考える目をしていたが、すぐに首を横に振る。

「無理だな」

「どうして！」

「凜はなかなか頭がいい。だが、それは理論でしかない。現実の政《まつりごと》を知っていれば不可能だと分かる」

凜は意味が分からずに子陣を正面から見た。彼は諭すように落ち着いた声で言った。

「国が米を備蓄している理由は分かるか」

「ううん」

「異国が攻めて来たときに備えているのだ。戦となれば米が必要だからな」

「でも今は平和そのもので――」

「いや――」

凜の言葉を子陣が遮った。

「辺境で育ったお前なら知っているはずだ。国境ではいつ大きな戦が起こってもおかしくないことをな。そのために国は一定の米を備蓄している。それを多少、値が上がったからといって放出すれば、必要な時にどうなるか。敵国の間者はこの国にうようよいるんだぞ。事実を知られれば好機だと見られるかもしれない」

凛はしゅんとした。そういう事情があれば難しいのは分かる。高校レベルの知識で国家レベルの食糧問題を解決しようとしたのはやはり無理があったのかもしれない。子陣はそんな凛を励ますように肩に手を置いた。

「しかし凛、お前の考えは正しいと思うよ。今はいろいろ案は出すべき時だ。現実的な案の奏上を俺も考えてみる」

「う、うん」

凛は箸を置いた。

「でも、そもそも論でいけば、天文の予言なんていうフェイクニュースがいけないんだと思う」

「ふぇ、ふぇいく、にゅーす?」

凛は慌てていい直した。

「あ、つまり――虚偽ってことよ。嘘の噂」

「ああ、妖言のことか。しかし、天文の予言は嘘ではない。軽んじることが許されぬ天の意思だ」

子陣はきっぱりと言った。凛は納得がいかなかったが、この世界の人はそう信じている。フェイクニュースに右往左往しているだけといくら言っても理解してもらえないだろう。

「とにかく、民には随時、正しい情報を流すのが一番ね。それだけは言える」

「ああ。それには同意だ。掲示板に逐一、新しい沙汰《さた》を貼るように命じよう」

けれど、凜の心は晴れなかった。しばらくこの騒動は続くに決まっている。香華宮で使う一日千から二千石の米の調達の責任は凜の肩に乗っていた。米屋が明日にも決められた量を納入してくれればいいのだが――。

――米蔵の係なんて簡単な仕事だと思っていたのに……。

凜は店を出た子陣を追った。

6

凜は翌朝も、皇帝の朝食の給仕を行った。

皇帝の周りには必要最低限の者しか侍《はべ》っていなかったが、調べたことを口頭で報告すれば人に聞かれてしまう。謹慎中の皇帝が政治に関わっているとまわりまわって重臣たちの耳に入ったらたまらない。

凜は子陣から預かった報告書を四つに折ると、皿の下に置いて何食わぬ顔をした。皇帝も誰も見ていないすきに紙を袖《そで》にしまって、何ごともなかったように食事をする。そして雑談を装って凜にあれこれとたわいない話を振った後、会話のついでにふと思いついたように言った。

「そういえば、凜。たまには成王に顔を見せてやってはどうか。そなたのことをいたく心配していたぞ」

「はい。そうさせていただきます」

凜は膳《ぜん》を下げながら福寧殿を出た。

「成王のもとに行け」というのはつまり、香華宮を出てもよい、ということだ。密《ひそ》かにではなく大手を振って香華宮の外に出られる理由を得た凜は、内心ほくそえんだ。街でやりたいことはいくつもあった。

――この世界の人は皆、信じているみたいだけど、やっぱりどう考えても熒惑《けいこく》がどうの、天文がどうのっていう話はフェイクニュースよ。民の心を惑わす嘘でしかない……。馬鹿馬鹿しいけど、情報の発達した現代の人だってネットの嘘に右往左往するんだもん。噂しか情報源がないこの世界の人が惑わされても当然よね……。

凜は青い空を見上げた。からりと晴れた昊天《こうてん》はどこまでも広がっているけれど、浮雲はぽつりとただ一つ、どこへ行くとも定まらずに空にある。凜は北風にぶるりと身体を震わせた。衫《ひとえ》はいくら重ねても寒い。綿入れが欲しい季節になってきた。

「凜」

名を呼ばれて振り向くと、子陣だった。

彼は凜の腕を掴《つか》み、建物の陰に引っ張って行った。

「報告書を皇上に渡したか」

「ええ。まだ読まれてはいないけど、わたしに実家に帰ってお義父《とう》さまに顔を見せてきてはどうかとおっしゃってくれた」

「それはつまり、調査を続けろということだな」

子陣は官服ではなく、紺色の圓領《まるえり》の袍《ほう》を着ていた。このまま香華宮を出る気だ。凛もすぐに小琴楼に戻ると深緑の裙《スカート》に灰色の抹胸《ベアトップ》、苔色《こけいろ》の細身の褙子《うわぎ》に着替えた。女官独特の高く結った髪を貴族の令嬢のような小さな団子に変え、きれいめシンプルな恰好《かっこう》で街に出れば目立たないだろう。公主とおそろいの筆記用具が入ったミニショルダーを斜め掛けにすると、子陣の下へ走った。彼は東華門の前で待っていてくれたが、その顔は暗い。

「どうやら、米不足の噂はもう杭州の街だけでなく郊外の隅々にまで広まっているらしい」

声を潜めながら、子陣は東華門を潜《くぐ》った。

「噂が広がるのが、ずいぶんと早いのね。わたしだって昨日聞いたばかりなのに」

「こういう噂は広がるのが早いものだ」

子陣はそう断言したが、凛は首を傾げてしまう。

「それにしたって早すぎよ。逆に香華宮の人の方が知らないんだから変じゃない？」

「それはかん口令がでているからだろう？　それより、まだ香華宮の米が確保出来ていない。米行の行頭のところにもう一度、催促に行かなければならないな」

子陣は昨日の約束を違《たが》えた米行に腹を立てていた。皇城司の面子《メンツ》を丸つぶれにされたからだろう。しかし、凜は違うことを考えていた。

「ねぇ、わたしたちが発見した遺体の張賛の家に行ってみない？」

「張賛？　あの水死体の天文官？　あれは事故か物取りの仕業ではないか」

「そうかもしれない……でもわたしにはどうもこの熒惑騒ぎそのものが怪しくてならないのよ」

子陣は面倒くさそうにする。

「死んだのは七品の小吏にすぎない。熒惑の件に関わっているとは思えないな」

「そういう思い込みってよくないと思う。熒惑異変が奏上された直前に一人の天文官が謎の死をとげた。それってさすがに不審じゃない？　一度、調べた方がいいと思う」

子陣はこめかみを指で押さえたが、米行に行って文句を言うよりは、いくぶん意味のある外出であると思ったようだ。仕方なさそうな顔をして、秦影を呼ぶと亡くなった天文官の家の場所を聞き出しにいかせた。

「馬車で行く」

張賛は下級官吏なので、屋敷は香華宮からかなり離れた場所にあるようだ。子陣は徒歩を断固拒否した。子陣一人なら馬に乗るだろうが、凜を連れてとなると馬車になる。

彼は馬車の上座に当然のように座ると押し黙った。凜はその沈黙に耐えかねて、窓の帳《とばり》をひじで押して上げると、杭州の街を眺めることにした。

目抜き通りを抜け、成王府がある道も通りすぎると、だんだんと街は寂しくなってきた。葦《あし》が生え、芒《すすき》が穂を垂れている。河辺の柳も心なしか頼りなげで行き交う人の身なりも悪くなった。

「到着いたしました」

馬車が止まって門の前に立つと、そこはかなり古い家だった。天文官は代々勤めるものだから、由緒ある家系なのだろうが、不遇であるのが見て取れる。

「あの……すみません。だれかいませんか……」

門番などいようはずがない。

凜は門に体の半分を入れて中に呼びかけた。白い布で建物が覆われていることから、張賛の葬儀を終えたばかりなのだろう。喪主と思われる十代の少年が出てきて、白い麻の衣姿のまま凜を迎えた。

「ご弔問でしょうか」

「あ、いえ……それが……」

凜は自分が張賛の遺体を見つけたことを告げ、事件についてなにか知っていないか訊《たず》ねに来たと、訪《おとな》いの目的を語った。

「それは……あの、ここではなんですので、中にお入りください……」

喪主は張賛の息子で、居間に案内してくれた。そこには同じく喪服姿の張賛の妻と母親がおり、凜と子陣の登場に戸惑いの表情を浮かべる。しかし凜たちが張賛の死について調べていると知ると、疲れた顔を上げて、凜にすがるように訴えてきた。

「主人は酒に酔うような人ではなかったのです。たとえ運が悪いとしても泥酔して物取りに遭って死ぬなんてありえませんわ。ましてや、酔って水路に自ら落ちるなど、絶対にありません！」

妻はそう断言した。

「どうしてそう思われますか」

凜は妻の手を取り訊ねた。子陣は凜に任せた方がいいと判断したのだろう。勝手に椅子に座ると出された茶を飲みながら視線だけを向ける。

「主人はお酒をさほど飲めないのです。嘔吐《おうと》するのを嫌って、酔い潰《つぶ》れるほど飲んだりしませんでしたわ」

「なるほど。でも酒楼にいた妓女《ぎじょ》はかなり酔っていたと証言していますが」

「とても信じられません」

凜は話題を変えた。

「張賛さんは天文官でしたね。なにか仕事の上で悩みを抱えていませんでしたか」

妻は少し考え、言葉にするのを迷うようなそぶりを見せた。

「どんな些細《ささい》なことでもいいんです。それが原因で殺された可能性もあるのですから」

『殺された』という言葉に張の家族はさっと顔色を変えたが、事故にあったと言われるよりは合点が行くのだろう。互いに顔を見て頷《うなず》き合うと、重い口を開いた。

「主人は仕事で問題を抱えている様子でした」

「それはどんなものでしたか」

「同僚と口論したようです。主人は頑固な人でしたから、人と口論することはしばしばありましたが、今回は本当に心の底から怒っている様子でした」

凜は茶を飲んでいる子陣を見やった。彼は茶器を置くと静かに訊ねる。

「熒惑《けいこく》についてなにか言っていなかったか」

「熒惑でございますか……」

妻は思い当たることがないのだろう。焦りを顔に滲《にじ》ませる。しかし、喪主の息子の方は聞いたのだろう。母親の前に立った。

「父は――あの噂の熒惑が見つかった夜、当直をしておりました」

子陣が目を見開いた。

「では熒惑の異常を見つけたのは張賛だったのか」

息子は首を横に振った。

「当直は毎晩、十人で行うそうです。ですから、父が独りで見つけたとは限りませんが……憤慨していた様子でした。手柄を奪われたのかもしれません。なにしろ、天文官たるもの、天文の異常を見つけるのが仕事で、今回は大きな発見でしたから、報告すれば昇進は間違いなかったでしょう」

「………」

――やっぱり張賛は殺されたの？

凜は熒惑と天文官という二つのパズルがはまった気がした。

7

「さて、米を調達するか」

子陣は張家を出ると、背伸びをした。家の前には皇城司の武官たちが八十人ほどいる。張賛の死についてもっと調査するつもりだった凜は意味が分からずに子陣を見上げた。

「なにをするの？」

「米屋が密集する南街で、米の売り渋りが酷《ひど》いと皇城司に苦情が寄せられているのだ。価格がさらに上がるまで売らないつもりなのだろう」

その足で馬車は米屋が密集する南街に兵士たちとともに向かった。ここでも民たちのパニックが起こっており、あちこちで米屋の戸を叩《たた》いて、売り渋りに対する批難の声を上げていた。全員合わせると数百人にもなるだろうか。ものすごい熱気だ。凜と子陣は馬車から降りた。

「お役人さま、どうか、どうかお助けください」

その中から赤子を抱いた若い女が子陣に気づくと駆け寄ってきた。何度も頭を下げ、必死に訴える。

「どこの米屋もお米を売ってくれないのです。このままでは今日食べる分もございません。お助けください」

「手は尽くす。心配するな」

武官たちが武具の音を鳴らしてそれぞれ米屋の前に整列した。米屋を罵《ののし》っていた民の声は急に静かになった。そして道を空けた。

「皇城司だ。店を開けよ」

昨日の米屋の扉の前で、子陣が声を張り上げた。

「勅命である！　戸を開けよ！」

しかし、返ってきたのは沈黙だけだ。足音さえも聞こえない。

子陣は毅然《きぜん》と顎《あご》を引くと、手を掲げる。

「やれ！」

その合図とともに、皇城司の武官が足で戸を蹴《け》り破った。「おおおお」とどよめきが民から起こり、中にいた店員たちが慌てて出てきたがもう遅い。子陣は部下たちに、店の中を調べるように命じた。

同時に隣の店の戸も部下の秦影によって破られる。

武官たちは店の中から米を運び出す。が、その量は凜が思ったより少ない。大柄な店主はそれでも自分の孫が連れ去られるかのように大騒ぎをして、武官の足にしがみ付いた。

「米をどこかに隠しているな」

「か、隠してなどおりません。こ、これだけしかうちにはございません」

店主は緊張で濡《ぬ》れた手をしきりに袖《そで》で拭《ぬぐ》いながら否定した。

「まあ、いい。調べれば分かることだ」

店を調べていた武官が帳面を発見した。没収しようとすると、店主は全力で止め、数字が書かれたページを破ったかと思うと、口の中に入れた。そして口をもぐもぐと動かし、必死に飲み込もうとする。子陣は心底あきれ顔になり、まだ飲み込めずにいる店主を指差した。

「こいつも連れて行け。証拠隠滅罪だ」

「そ、そ、そんな！」

気の毒にも店主は両脇を武官に掴《つか》まれ、引きずられるように店を後にした。

「こんな派手にやっていいの？」

やり過ぎではないかと暗に凜が批判すると、子陣はふんと鼻を鳴らす。

「民を見ろ。不平が今は米屋に行っているが、それはいつか国へと向く。国が何もやっていないと思われては困るのだ」

「なるほど……」

とはいえ、今日没収した米はすべて香華宮で使われるようだ。

「民たちの分はどうするの」

「裏帳簿は見つけた。隠されている米は数日で見つかるだろう。それを強制的に決まった額で国が買い入れて、民に売ることになる」

「十分な量ならいいけど」

凛はつぎつぎに香華宮へと運ばれる米を見て民を不憫《ふびん》に思った。

「そうだな」

――香華宮ばかり贅沢《ぜいたく》をしているのは間違ってる。

こうなったらお米に変わる食べ物をメインにするように尚食局で工夫するしかない。

凛は手をポンと叩いた。

――そうよ！　お米がないならパンを食べればいいじゃない！

麺類《めんるい》やパン類を増やせばいい。パンはスープに浸して食べればパサパサしないから美食家の妃《きさき》たちにも受け入れられるかもしれない。フランス料理のガレットもおしゃれな上にまねしやすい。ピザも、どんな具とも合うから作りやすそうだ。お好み焼きはソースの代わりにあんかけを載せたらどうだろうか。この世界にベーキングパウダーがあるか分からないけれど、シフォンケーキならメレンゲで作るから、できないことはない。

無数のアイデアが湧き出てくる。

「じゃ、わたしは帰るね」

「凛？」

「いいアイデアが浮かんだの！」

「あいでぁ？」

子陣はよくわからない言葉に戸惑っていたが、凜はさっさと馬車に乗って「出して！」と駅者《ぎょしゃ》に命令する。動き出した馬車に子陣が慌てて飛び乗った。

「どこに行く」

「香華宮よ。米がないなら麦料理を作ればいいと思ったの」

子陣はどかりと腰掛けた。

「杭州人は米食だ。麦料理はすぐに飽きる」

「やってみないとわからないじゃない。いろいろ工夫してみようと思う」

子陣は渋い顔をする。

「揚子江《ようすこう》沿岸以南で稲は作られ、黄河《こうが》流域では麦、稷《コーリャン》、黍《きび》、菽《まめ》などが作られる。杭州では麦は食べ慣れていないし、上流階級は白米を好む」

「それでも試してみる他ないじゃない？　お米がないんだから」

凜は香華宮に帰ると、まずガレットを今夜のメニューにしたらどうかと、尚食局の会議で提案した。尚食局の女官たちは戸惑った。

「がれっと？　でございますか……」

「そう。小麦粉に塩と水を入れて薄く焼くの。その上に卵や野菜を載せる料理よ」

凜は身振りを加えて説明した。

「夕食より、朝食や夜食の方がいいかもしれませんね」

ガレットは採用されたが、スープにパンをつけて食べるのは行儀がよくないのではという意見も出た。だが低予算で作れそうなので試してみることになった。

「ジャガイモはないのかよ。俺、スペインオムレツ作れるよ？」

その夜は現代人の強力な助っ人、悠人とともに凛はメニューを暗い米蔵で考えた。が
——無理なことを言う。

「残念ながらジャガイモは大航海時代に南アメリカからヨーロッパにもたらされたの。この世界にはまだ存在しないはず」

「ジャガイモやトマトがあればもっと料理のレパートリーが増えるのにな……」

それでも学生時代に中華料理屋で半年バイトしていたという悠人は、塩ラーメンや台湾混ぜそばなどの使えそうなアイデアを出してくれた。

「チャーシューの作り方は任せとけ」

「助かる！」

そこに公主が手燭《てしょく》を持って現れる。暗かった部屋が急に照らされたので、気持ちまでもぱっと明るくなった。

「公主さま！」

「困っているらしいわね」

「ええ……まあ……」

「北方の料理の本を見つけたから持って来たわ」

公主は一冊の本を凛に手渡した。開いてみると、北方にあるという錦国《きんこく》の料理の本だ。

麦を食べる国のレシピブックである。凜は嬉《うれ》しさのあまり本を抱きしめた。

「すっごく、助かります！」

「役に立ててよかった」

公主はおんぼろの丸椅子に腰掛ける。凜は卓の燭台《しょくだい》にも火を灯《とも》し、レシピブックをぱらぱらとめくった。公主がそんな凜に言った。

「米がないという噂はかなり広がっているらしいわ。香華宮でも囁《ささや》かれ始めた」

凜は嘆息する。

「やはりそうですか……噂を聞いた皆がパニックにならないか心配です……」

「どうやら熒惑《けいこく》の異変は本当だったようよ」

「え？」

「南の地域で飢饉《ききん》が起こって流民が出ているって聞いたわ」

公主はどこから情報を得ているのだろう。いつも誰よりも早く噂話を知っている。でも、それは当たり前なのかもしれない。公主ほど「ネタ」に飢えている人物はいないのだから、宮人女官が常に目と耳を光らせて、公主に告げ、次の小説創作に役立ててもらおうとしているのだろう。重臣たちが立ち話をしているのを聞いたり、妃嬪《ひひん》の実家からもたらされた文の内容だったりがいつの間にか公主の耳に入っている。

「飢饉ですか……熒惑の異変はやはり本当だったんでしょうか」

「そういうことね。天文は常に正しいものよ」

公主は断言した。この世界の人々にとって、天文は今で言うところの科学のようなもの。皆、信じて疑っていなかった。悠人が立ち上がった。

「じゃ、俺は帰るよ……」

「ああ、ごめんね、悠人」

「またなにか思い出したら言う」

「ありがとう」

悠人は宿舎に帰っていき、公主もまた他のレシピ本を探してくれると約束して、米蔵を出て行った。目送し、一人になった凛は、皆を唸《うな》らせる小麦粉料理を考えなければと筆を握り直した。

8

「さあ！　朝ご飯を後宮へ運ぼう！」

「はい！」

凛の指示の下、翌朝の朝食はフレンチガレット、野菜の羹《スープ》、デザートはシフォンケーキが一切れに梅のジャムが添えられた。

「まあ、まあ、なんて美味《おい》しいんでしょう！」

物珍しさもあって、妃嬪たちの評判は上々だ。公主も米不足を知っているので、「美味しい。これからは麦がいい！」などと感想を述べてくれる。凜の株も上がって皆から尊敬の眼差《まなざ》しで見られるようになった。

「上手《うま》く行きましたわね、お嬢さま」

小葉の明るい声が広い尚食局の台所に響き、ハイタッチで喜び合う。これも凜が教えたものだ。

「でも、毎食、小麦粉料理というわけにはいかないから……妃嬪たちの夕食はお米にするしかないね」

「とりあえず、炒飯の予定でございます。それなら下米でも分かりませんもの」

「うん。それがいい。卵は多めでね」

皇帝が鳥好きとあって鶏の飼育数は多い。卵だけは豊富にあった。卵の味でごまかして米の味が分からなくなればいい。

それに宮人女官たちに配った胡餅《パン》に羹《スープ》というメニューも、普段は残り物の冷えた料理しか口に入らない彼女たちにとっては嬉しいものだったようで、おかわりが殺到したという。

「お嬢さまの名声はさらに上がりましたわ」

小麦粉メニューが十日続いても、異国風の味わいと見た目の良さに、皆から好評だ。給食を待つ小学生のように、妃嬪たちが明日《あした》はなんの料理かと問い合わせて来るほどになった。

「皆が知恵を出し合ってくれたおかげよ。本番はこれから。米の消費を抑えつつ、麦の食事を増やして、皆を飽きさせない工夫をしないと」

「おっしゃる通りでございますね」

凛は満足して米蔵に戻ると、紫色の袖《そで》をめくり、米の在庫を記した帳面を開く。肩から落ちる黄色の披帛《ストール》を直しながら筆を執った。

「今日の米の消費はこれだけだから……残りは……」

凛は蔵を見回した。節約すればまだ十日はもつだろう。一袋、一袋、数を数えて、帳簿と合っていることを確認し、ほっと安堵《あんど》の息をついた。なんとかなりそうだ。そこにドタドタと足音が近づいたかと思うと、戸が大きく押し開けられた。籠《かご》の中で寝ていた呱呱がうん？　と起き上がる。

「凛や！　子陣や！」

朽ち葉色の衣を着た成王だった。凛は慌てて腰に手を当てて礼をする。

「お義父《とう》さまにごあいさつを――」

そこまで言ったところで、凛の語尾を聞かずに成王は彼女を立たせる。顔にはいつにない焦りがあった。凛は不思議に思う。いつものんびり構えてなにごとも急がず慌てずの人がどうしたことだろうか。成王は部屋の中を見回した。

「お義父さま、なにかありましたか」

「凛、子陣はここにおらぬか⁉」

「お義兄《にい》さまですか。今日はまだ見ておりませんが——どうかされたのですか……」

「どうやら……台州に飢饉が起こったらしいのじゃ！」

「飢饉……」

台州は成王が治める地だ。

「……子陣と相談しようと思って香華宮中を捜しているがどこにも見つからぬ」

「飢饉とはどういうことですか」

寝耳に水の話に凜は驚く。

「今日の朝議で台州での飢饉の責任を重臣たちに突然、問われたのじゃ。台州からここ杭州は遠くない。流民が杭州に押し寄せたら大変なことになるという。知らなかったとはいえ、このままだと民たちが飢えて死んでしまう。どうしたものか……」

成王はぼろぼろの椅子にへたりと座り込んだ。自分の立場を案じているのではない。多くの台州の民のことを心配して悩んでいるのだ。凜はそんな成王の優しさと徳の高さに感動し、横に座って手を握った。

「きっと大丈夫です、お義父さま」

「それならいいのだが……」

しょんぼりとする成王。凜はなんとか助けてあげたくなった。成王は普段、浪費と美食を好むが、それはダメダメ皇弟を装って政治から遠のくための方便だということに凜は気づいていた。成王がここまで心を痛めているのならなんとかしてやるのが娘の務めだ。凜は蔵で働く若い内監たちに子陣を捜しに行かせた。闇雲に歩き回るより、ここで待っていた方がすれ違わずにすむ。やがて――。

「父上、ここにいらっしゃいましたか!」

子陣が内監に連れられて現れた。官服を着、幞頭《ぼうし》を手に持っている。どうやら子陣も成王を香華宮中で捜していたらしい。

「おう、おう、子陣や。捜したのじゃぞ!」

「私もちょうど父上をお捜ししていたところです。きっとあちらこちらで入れ違いになったのでしょう」

子陣と成王は凜の机に座る。凜が茶を淹《い》れてやると、やっと落ち着いたのか、成王は袖で汗を拭《ぬぐ》いながら話し始めた。

「どうしたものか……台州他、南部の飢饉は酷《ひど》いと聞く。その南部からたくさんの流民が台州になだれ込んでいるらしい。このままだと台州の食糧不足は深刻なことになる……。なのに役人からはなんの連絡も今までなかった。朝議で話を初めて聞かされるなどもってのほかだ」

「流民はどれほどいるのですか」

凜が訊《たず》ねると、成王はため息交じりだ。

「三万だという。台州は豊かな地だ。なにゆえにこんなことになったのか――」

子陣は茶器を置くとはっきりとした声で言った。

「報告が来なかったのはおかしな話です。調べた方がよろしいかと存じます。できるだけの食糧を杭州から送りましょう。流民の救済は急務です」

「しかしのぉ……杭州の米の値もかなり上がっている。調達するのも一苦労だろう……」

確かにその通りだ。ここ杭州とて余裕はない。しかし、子陣がじっと凜を見つめた。

「父上、ここのところ、凜が香華宮で食糧問題を解決しています」

「凜がか？」

「香華宮の食事に麦の料理を増やして米不足を切り抜けているのです、父上」

「ほう？」

期待の眼差しが成王からも向けられた。凜は慌てた。切り抜けているなど大層なことではない。米不足を誤魔化しているに過ぎない。

「解決だなんて。まだ始めたばかりなんです」

子陣が真剣な声になった。

「どうでしょう、凜にも手伝わせたら？　きっと役に立ちます」

成王は子陣の言葉に救世主を得たという明るい顔をした。

凜は心底戸惑った。手伝いたいという気持ちは大きい。が、なにが自分にできるのか分からない。流民の救済？　災害ボランティアのようなことをすればいいのか。

一応、香華宮の米蔵に関しては小葉の方がよく把握しているし、本来、食事の献立を考えるのは凜の職務ではない。公主からもらった錦国のレシピ本と自分が作成した小麦粉料理のノートさえあれば、尚食局の女官たちは香華宮風にアレンジできるだろう。ここに必ずしも凜がいる必要はない。

少し考えて、凜は意を決した。災害を黙って見ていることなどとてもできない。しかも場所は台州――成王の領地だ。

――お義父さまのために一肌脱ごう！

凜は拝手する。

「どうか、わたしにもお手伝いさせてください、お義父さま」

「おお、おお、賢い凜が手伝ってくれるなら百人力だ」

「でも――」

懸念が一つある。

「この食糧難は疑問ばかりです」

「疑問？　なにがじゃ？」

成王が首を傾げた。

「杭州で米の買い占めや売り渋りが起こっていますが、熒惑《けいこく》の異変によるものだという噂が発端です。でも伝わり方が早すぎるのではありませんか」

「うむ」

子陣が否定しようとした。「こういう噂は瞬く間に広がるものだ」――そう言おうとしたのはわかる。なら、なぜ、香華宮で広まるのはその後だったのだろう。凜は子陣が言う前に言葉を繋《つな》いだ。

「しかも、その夜に当直だった天文官が不審死をとげています。なにか、裏があるように思うのはわたしだけでしょうか」

成王は頭痛がするのか、人差し指で頭を押さえた。気苦労で体の具合が悪くなったに違いない。凜はその背を優しく撫《な》でたが、成王は自分を責めた。

「熒惑の異常は古来、治世の過ちを正すものとされている。台州に飢饉《ききん》が起こったというのなら、それはわしの責任じゃ。富貴な身分にあぐらをかいて生活をしたのが原因だろう。だからこそ、天変地異は台州で起こったのだ。なにも不思議なことなどないのだよ、凜」

諭す言葉は自戒の念の表れだった。人を疑うより、自分を省みる人を前に凜は俯《うつむ》いた。今は売り渋りや天文官の死の原因よりも流民たちのことを案じるべきだと暗に言われれば、黙るしかない。確かにその通りだった。今、食べることもできずに、苦しみ、死んでいく人がいる。まずは人命を救うことが第一だ。

「皇上のお許しがあれば、わたしもぜひ台州へ行きたいです」

「力を貸してくれるのは嬉《うれ》しいが、台州までは行かずとも……杭州でも手伝えることはあるのではないか。それに治安が悪化しているかもしれぬのじゃぞ」

成王が釘《くぎ》を刺す。

「お義兄さまがいますし、台州には玲樹さまもいらっしゃいます。無理はしないので大丈夫です、お義父さま。どうか行かせてください」

「うむ……じゃが……」

成王はまさか凜が台州に行くとまでは思っていなかったようで、迷った様子だったが、子陣が口添えをしてくれた。

「凜は算学に秀でており、穀物の管理にたけているだけでなく、なかなか他の人にはない発想を持っていて、その才能には目を見張るものがあります。台州に伴っても、皇城司の武官たちもおりますので身の安全は保証します、父上」

「うむ……」

それでも成王は悩んだ様子だったが、子陣が安全を保証するともう一度、言ってくれたので、ようやく承知し、凜の台州行きを皇帝に口添えすると約束してくれた。

「支度をしないとね！」

成王と子陣が福寧殿に行っている間、凜は居所である小琴楼に戻り、衣を袋に詰めようとして、手を止めた。凜の持つ衣はどんなにシンプルなものでも絹だ。凜は、それに気づくと、後苑で一緒に働いていた宮人の杏衣――今は九品女官の彼女のところに使いをやって、古着をもらえないかと頼んだ。彼女とは背丈が似ている。

「凜司膳に着て頂くには恐れ多いのですが」

走り書きとともに、褪《あ》せた茶色の木綿の衣が届けられた。臙脂《えんじ》の綿入りの褙子《うわぎ》、ベージュの裙《スカート》、現代で言うところのアースカラーコーデだ。この世界だと、庶民の日常着といったところか。ちゃんと洗濯されており、いい匂いもした。急いで香を焚《た》きしめてくれたらしい。

――災害地に着飾っていくのはよくないよね。これなら動きやすいし、汚れてもいい。

凜は杏衣に御礼にと絹の衣を贈った。お古ではあるが、十分新しいものだ。女官なら一枚は持っていた方がいい祝い着である。

「よし！」

凜は両頰を叩《たた》いて気合いを入れた。

「お義父《とう》さまを助けてあげるんだから！」

皇帝には継嗣となり得る子がいないため、成王は皇弟という特殊な地位だ。皇族の長老の一人でもあることから、彼は杭州から出られない。凜は代わって台州を救うことを心に誓った。

9

皇帝から台州行きの許可が出たのは、その日の夕方のことだ。

その頃にはもう、凜が台州へ行くことは香華宮じゅうに広まっていた。「危ないからよした方がいい」と心配する者もいれば、台州の民を助けに行くなどというのはどうせ偽善だと陰口をたたく者もいた。

しかし、心強かったのは公主の存在だ。

「凜、これを使って」

少なくない金《かね》を凜の前に差し出してくれた。

「こ、これは？」

公主はにっこりした。

「正月の晴れ着のためのお金や、書籍の売り上げ、あとは食封から少し」

食封とは、公主が皇帝からもらっている領地からの租税などのことだ。それを台州の民のためにと用意してくれたのだ。公主の優しさに凜の胸に熱いものがこみ上げてくる。

「ありがとうございます、公主さま！　でも晴れ着を作らなくていいのですか」

「いいのよ。去年のがあるし、私がなにを着たかなんてどうせ誰も覚えていないのだから」

「ありがとうございます！　大事に使います！」

「凜が思うように使えばいいわ」

出発の日が近くなると、内監女官たちだけでなく、薄給の宮人たちまでも小銭を集めて袋に入れて持って来てくれた。実家が台州に近いからと言って、顔も知らぬ宮人までも大切に貯めた銅銭を持ってくることもあった。

「みんな、ありがとう！」

「凜司膳もどうかお気をつけて！」

いよいよ別れの日。凜は皆の優しさにじんとして目頭を押さえた。凜は金の入った袋をぎゅっと抱きしめて皆に深く一礼すると、住み慣れた香華宮を後にした。

実家である成王府へは馬車で急ぐ。いつもなら杭州の街の景色を眺めて楽しむのに、それさえもせずに、なにを台州に持って行こうかと馬車に揺られながら目を瞑《つむ》って考える。成王府ではすでに子陣が準備を始めているはずだ。足りないものがあってはならない。一つたりとも——。

馬車から降りて成王府の門を潜《くぐ》ると、ちょうど子陣が鍵《かぎ》を片手に蔵を開けに行くところだった。

「お義兄《にい》さま!」

声を掛けようと走り寄ると、家宰《しつじ》の燕《えん》じいが、震えながら両腕を広げて子陣を通すまいとしていた。蔵の中が空っぽなのかもしれないと不安になり、凜は燕じいの横に立つ。子陣も同じことを考えていたらしい。燕じいを無理やりどかすと鍵を開けた——。

「なんだ……あるじゃないか」

中を見れば、堆《うずたか》く米が積まれている。子陣は使用人を呼ぶとすべての米を運び出すように命じるが——燕じいがさらに立ち塞《ふさ》がり、米袋に抱きついて離れない。

「ぐ、郡王、で、殿下……ここの米は、一粒とてお渡しすることはできませぬ!」

子陣は燕じいの反抗的な態度に驚き声を失う。燕じいといえば、人がいいのが取り柄でいつもペコペコと頭を下げて無理難題にも冷や汗を掻《か》きながら、はいはいと従う人である。それが今日はどうだ。同じく驚いた凜がやんわりと訊《たず》ねた。

「どうしてダメなの？　燕じい。台州を救済しないといけないのに」

燕じいは泣きそうな目で帳面を握り締め、首を横に激しく振った。

「この一年、凜お嬢さまが質素倹約を成王府で実行されてから、成王殿下始め、お妃《きさき》さま方まで慎ましくお過ごしで、宴《うたげ》や観劇なども控えていらっしゃいました。そのおかげでこれだけの貯《たくわ》えができたのです。借金の返済はまだ終わっておらず、この米を持ち出されたら成王府は成り立ちませぬ！」

普段、小心者の燕じいが絶対に譲らないと皺《しわ》だらけの顔をできる限り威厳のあるものに変えて子陣に抵抗した。が――。

「米をすべて引き渡すのじゃ！」

断固とした声が響き渡る。振り返ると、水晶で出来た猿の置物を片手にした成王が立っていた。

「父上」

「殿下……」

成王は蔵を指差した。

「米粒一つ残らず持って行け！　心配するな。借財は美術品を売ってなんとかしよう！」

成王は使用人に命じて、水晶の猿だけでなく、幻の花の置物、古代から伝わるという奴隷を象《かたど》った不気味な燭台《しょくだい》、ゴキブリの絵など、次々に前庭に並べた。著名な収集家の成王だ。目利きであるが、凜には意味不明のものが多い。が、そこへ、すでに成王が手配していたのだろう。骨董屋《こっとうや》や美術商が現れて、一つ一つ丁寧に見て査定額を示してくる。瞬く間に高い値で商品が売れてゆく。

「父上……本当によろしいのですか」

「かまわぬ。かまわぬ。すべて売ってしまえ」

凜は成王に感動した。

こういうところが恰好《かっこう》いい。

「お義父さまに感服いたしました！」

凜は思わず成王に拝礼した。彼は照れたように袖《そで》を上下に振って、「こんなこと、大したことではないぞ」と顔を赤く染める。

「皇上からも個人的な備蓄を分けていただいた。台州の流民は三万人といい、足りるか分からぬが……ないよりましじゃろう」

凜も少しばかり給金を貯めたものと、皇帝から褒美としてもらった金がある。それを持っていけば、足しにはなるだろう。だが、子陣は楽観していないようだ。しばらく頭を指で押さえて、逡巡《しゅんじゅん》していた。凜はその横に座る。

「ねえ、お義兄さま。こうしてはどう？　すべてを米に換えて台州に持って行っても足りないと思う。高価な米を比較的安く買える麦や雑穀に換えて台州に持って行ったら？」

子陣がはっと顔を上げた。

「それは名案だ、凜！」

子陣は凜のアイデアに嬉々《きき》とした。

「じゃ、決まりね！」

すぐに米行の行頭《かしら》が呼ばれた。米不足だから、こちらの言い値でいくらでも買ってくれる。その金で凜たちは麦などを買えた。なにしろ、相手は米が喉《のど》から手が出るほど欲しい。少しくらい高額でも喜んで買ってくれた。

翌朝――。まだ朝靄《あさもや》が立ちこめる中、

「船に積み込め！」

銭塘江《せんとうこう》の港では、すでに船が横付けされ、人夫が米や麦の袋を背負って積み込んでいるところだった。船は前後を切り落としたような奇妙な形で、無論、帆船である。五、六百人を乗せる五千料の大船は貿易にも使う船だという。

今回は大量の穀類を積むので、失敗は許されず、大きな船が選ばれたらしい。船は銭塘江を下り、杭州湾へと出た後で、海を南下して台州を目指す。凜は船の大きさに少し安心した。これならなんとか台州まで旅ができそうだ。

「天候は良さそうね」

凜は広い大地を削って黄色くなった河の水を見やった。ゆったりとし、波はない。すると横で忙しく指示を出していた子陣が凜の遠い視線に気づいて河のずっと東を指差した。

「銭塘江を出て海に入れば、旅は潮と風次第だ。途中、明州《めいしゅう》に寄る。杭州は物価が高すぎだ。必要な物資をそこで手に入れようと思っている」

「お金はどうするの？」

「俺だって貯えくらいある。心配するな」

凛はほっとした。子陣はしっかり者だ。浪費をする趣味もないし、着ているものにも頓着《とんちゃく》がない。愛しているのは剣くらいで、それも誰それからもらったという由来のあるものばかりだ。ちゃんと貯金しているのだろう。

「あの船は大丈夫？　海なんかに出て」

凛は念のため、自分たちが乗る船を指差す。木船はなにせ初めてだ。

「この国で一、二の船だ。まず沈むことはない」

凛は、若い頃、北海道と本州を結ぶフェリーに乗って旅したことがある。船とはそれが最初で最後の縁だ。あれは鉄の塊で、どんな嵐もものともしなそうながっしりとした造りだったけれど、これは、板一枚下は海の底だ。

かの鑑真《がんじん》は六度のチャレンジで日本に到達し、阿倍仲麻呂《あべのなかまろ》は帰国を試みつつも漂流して、日本の土を踏むことができなかった――そんな歴史を急に思い出し、凛は怖くなりしゃがみ込む。勢いで来たが、少々この時代を甘く見ていたのではあるまいか。

「どうした？　青い顔をして」

からから声に振り返ると、そこにいたのは悠人だった。大きな荷物を背負って、自分で工夫したのか、車輪のついた箱――お手製らしきキャリーバッグを手にしている。

「なんで、悠人がここにいるのよ」

「オレも台州に行くんだ。師匠の王太医《たいい》が救援の責任者に任命されたからな。オレも志願して一緒に連れて行ってもらうことにしたんだ」

凛は彼を見上げた。逆光がまぶしい。

悠人はなんだかんだ頼りになる存在だ。いてくれたらとても心強い。激励の心を込めて、凛は彼の腕をバシリと叩《たた》いて喜んだ。

「痛いなぁ」

「ありがとう、来てくれて」

彼は照れて首の後ろを掻いた。

「オレには寄付する金はない。でも体力はあるから、王太医の邪魔にならないくらいは頑張れるさ」

悠人が指差した先で、王太医が何人かの医師とともに薬を船に運び入れるように指示を出しているのが見えた。

「凛！」

桟橋の向こうから声がする。子陣が船から手を差し出していた。凛は薄い板を器用に渡り、木製の船の内部に入った。木の匂《にお》いがするからまだ新しい船なのだろう。凛は少し安心した。ただ、船乗りたちの恰好《かっこう》は酷《ひど》いものだった。穴の開いた衣を着ている者はまだいいとして、逞《たくま》しい上半身を晒《さら》している者もいれば、襟を大きく広げて胸毛を自慢げに見せつけている者もいる。

小うるさい子陣はいちいち「この船には高貴な女人が乗っているのだぞ！」と注意して歩いて、この熒惑《けいこく》騒ぎがあってからよく眠れない鬱憤《うっぷん》を晴らしているようだった。凛はそんな男と一緒にいる気にはさらさらなれず、狭い船室を抜けて甲板に出た。

ちょうど舫《もや》い綱が放たれ船がゆっくりと銭塘江を動き出したところで、昼の光に河面《かわも》がきらきらと銀色に光っていた。

離れていく杭州――遠くに見えるのは、北岸の月輪山《げつりんざん》にそびえ建つ六和《りくわ》塔《とう》だ。優美な塔は龍神《りゅうじん》を鎮めるために建てられたといい、入港のための標識、灯台でもある。

「行って来ます、お義父《とう》さま！　待っていてください！」

凛は成王に呼び掛けるような気持ちで、屋敷の方角に手を大きく振った。

第二章

飢餓の民

1

銭塘江を東に向かい、杭州湾に出ると、船は大きく揺れ始め、凜はその波の高さに閉口した。歩くのもままならず、とにかくどこかに摑《つか》まっているしかない。それでも、潮の匂いと爽《さわ》やかな風に気持ちを切り替え、遠く離れていく陸地を見送った。船乗りたちが波も高くない静かな海だと訛《なま》りの強い言葉で説明してくれ、不安もいつしか消えて銀色に輝く海の水面《みなも》を楽しむ余裕すらできた。

船旅の途中、明州に寄って必要な生活物資を手に入れた。それを積み込み台州に向かったのだが、気の毒なのは悠人だ。ずっと船の縁《へり》にへばりついて吐いていてなにも食べることができずにいた。なにしろ、帆と針盤だけが頼りの船旅だ。揺れのせいだけではなく不安感からも気分が悪くなる。時折陸が見えても、目的地は臨海《りんかい》江の遥《はる》か北。悠人の苦しみは台州に到着するまで続いた。

「帰りはぜったい陸路にするぞ！」

彼は何度もそう言って、自分を励ましていた。

「あいつは大丈夫か……」

いつも悠人に冷たい子陣までもそう訊《たず》ねてきたほどだ。

「大丈夫……だと思う……」

王太医がついている。船酔いの薬は処方されているはずだし、陸に戻ってしばらくすれば食事も取れるようになるはずだ。

「なかなか立派な港街ね」

凜は船の上から台州を見渡した。杭州や明州ほどではないが、期待した以上の大きな港である。

「ああ、異国からの船が来るからな」

横付けされた隣の船を見れば、なぜか銅銭を山のように積み込んでいる。

「あれはなにしているの？」

「さあな。船の重石《おもし》にしているんじゃないか」

「へぇ……」

凜が素直に納得すると子陣が吹き出した。

「嘘に決まっているだろ。銅銭を自分の国で流通させるために持って帰っているのだ」

「なんで自分の国で作らないの？」

「作る技術がないのだろう」

子陣は遠く東を見た。

「聞くところによると銅銭は倭国《わこく》に運ぶようだ。まったく迷惑な話だ。我が国の流通量が減るというのに……こちらからは陶磁器、絹、書物などを送り、倭国からは硫黄や木材が来るらしい」

凜ははっとした。

「倭国って!?　もしかして日本！」

振り返って子陣とともに東を見る。もちろん、日本の陸など見えるはずもない。でも、あの船に乗れば故郷の日本に帰れるのだと思った。そうすれば、自分の祖先を見つけられるかもしれないし、知っている風景を見られるかもしれない。懐かしさに震えた。

しかし、それを後ろで聞いていた悠人が一笑に付す。

「オレたちが知っている日本はきっとどこにもないさ」

「悠人、でも――あの船に乗れば、わたしたちは日本に帰れるかもしれないんだよ！」

「帰ってどうするんだよ？　法隆寺《ほうりゅうじ》とか東大寺《とうだいじ》とかはあるかもしれないけど、それだけだ。知ってる人はひとりもいない。オレたちはここで生きて行くほかないんじゃないか、凜」

悠人の言葉は珍しく真理をついていた。

凜の居場所はここしかない。

家族がいて、友人がいて、それが故郷なのだ。荒波を乗り越えてたどり着いた日本という国が、懐かしい場所でない可能性は高い。なにより、文明は日本よりここの方が進んでいるはずだ。守ってくれる子陣も成王もいない。

「凜、なにをしている、行くぞ」

先を行っていた子陣が振り返る。凜は首を振って郷愁を振り切り、悠人を置いて義兄《あに》の後ろについていった。

階段を下りて桟橋を渡ると、官服を着た地方官吏たちが笏《しゃく》を手に拝手したまま、ずらりと並んで待っていた。

「郡王殿下に拝謁いたします」

彼らは額《ぬか》ずいていたが、なかなか子陣は立ってよいとは言わずにその後頭部を眺めている。

「名前は？」

「県令《けんれい》の朱《しゅ》と申します」

「司農寺《しのうじ》の沈《ちん》でございます」

県令は知事。細面で、貧相な髭《ひげ》を一生懸命伸ばしている。下級官吏にありがちな、へつらうような笑顔を張り付けた男だ。司農寺は今でいう農林水産省の役人といったところか。穀類の徴収監督をする役目や穀物買付政策をとり行う。いささかぬけたところがある人物に見えたからおおかたコネで官位を得たのだろう。その他、五人が名を名乗った。子陣はそれに大息する。

「飢饉《ききん》に対する報告が遅れたと、成王殿下より聞いている。どういうことだ」

「……それにつきましては……飢饉があったのは台州ではなく、南にある温州《おんしゅう》という地域なのでございます……その流民が台州に押し寄せたというだけの話でして……」

「それにしても連絡が遅すぎる！　朝議で報告を初めて聞いた時の父上の衝撃はいかばかりだったか！」

「も、もうしわけありません……」

「そもそも、そなたたちの怠慢は目に余る。前年の報告書でも――」

子陣の小言が始まった。

凛は陸酔《おかよ》いでふらふらしながら、港の様子を見て回る。杭州の銭塘江の港と遜色《そんしょく》のない広さであるにも拘《かか》わらず、人影は隣の船に銭を積み込む人足だけで、船乗り相手の飯屋も土産屋もない。つまり庶民が誰一人いないのだ。港は閑散として、なぜか掃除が行き届き、不自然なまでに清潔で物音がしなかった。

「お義兄《にい》さま」

凛は地方官にくどくどと言っている子陣の袖《そで》を引っ張った。

「なんだ、凛」

話の途中だとばかりに子陣は不機嫌に答えた。

「見て――」

「人がいないし、港が綺麗《きれい》すぎる――」

子陣もあたりを見回した。現代日本のような衛生管理の概念はこの世界にはない。食べ残しは野犬が食べるし、溝水は雨が降ればあふれ出す。ゴミ箱もない。杭州の目抜き通りはそれでも商人たちの団行が当番で片付けるが、それ以外でここまで綺麗な場所に凜は出会ったことはなかった。

「これは――」

子陣は地方官たちを見た。

「さては繕ったな！」

郡王が来るというので、流民たちを港から追い出し、清掃させたのだろう。美しい場所しか見せずに、何も問題などないふりをして送り返そうという魂胆が見え透いていた。

「これはどういうことだ。流民はどこにいる！」

「流民は……この台州にはおらず……」

朱県令は口ごもった。

子陣は秦影に命じた。

「流民がどこにいるか捜せ！」

そう言われては役人たちも黙っているわけにはいかない。朱県令はしぶしぶ、台州の街に流民を入れずに、都城外に留め置いていることを白状した。つまり流民たちは、ぐるりと城壁で囲まれた台州の街の中ではなく都城門の外にいるということだ。今日の視察に備えて、台州の街から強制的に追い出されたのだろう。

「台州府の混乱を避けるために致し方なくした次第でございます」

理由はどうあれ、現代ではありえない。こんな最悪な待遇は見過ごせない、と凜は憤慨した。

「案内してもらおう」

子陣は大股《おおまた》に歩き出し、凜はその後を駆け足で追った。地方官たちも長い官服を引きずってついて来る。そして固く閉じられた甕城《おうじょう》——城門を二重にした半円形の都城門の前に立ち、門の外を目の当たりにした時、凜は思わず絶句した。

「酷《ひど》い……」

飢えて、ぐったりした人々が雨ざらしの道端で寝そべっていた。苦しみでうなり声を上げている者もいる。かろうじて座っている人々も栄養失調なのだろう。腹だけ出て痩《や》せこけ、唇が荒れて浅黒い顔をしている。子供たちはもう泣く声もでないのだろう。虚《うつ》ろな瞳《ひとみ》で母親の腕に抱かれていた。しかもそれならまだいい。孤児と思われる子供が、子猫のように小さくなって一人、目を瞑《つむ》っているのを見ると心が押しつぶされそうになった。病にかかっている者もいるだろう。

しかし——。

「あれは……」

凛は見間違いではないかと目をこすってからもう一度、目の前の男を見やった。

「まさか、玲樹さま？　じゃないよね？」

何度、目をこらしてもそれは、やはり徐玲樹だった。彼はなんと、流民の一人一人を見て回り、薬や粥《かゆ》を跪《ひざまず》いて与えている。凛は子陣の腕を掴《つか》むと揺らした。

「お義兄さま！　玲樹さまよ！　ほら、あそこに！」

徐玲樹の衣は以前のような高価な絹ではなく、寒々しい褪《あ》せた青の麻だった。凛は自然と、頰を緩めた。笑みがこぼれる。走り寄り、抱きしめたくなる気持ちを抑えきれないままに彼の両腕を掴んだ。

「玲樹さま！　いらしたのですね！」

彼も突然の凛の出現に目を丸くした。

「凛ではありませんか！　どうしてこんなところに⁉」

「皇上のお許しを得て、流民救済を手伝いに来たんです！」

彼は彼女の手を握った。

「治安も悪い中、そのような勇気と慈悲の心はなかなか持てるものではありませんね。さすが凛です」

彼は整った顔で美しく微笑み、凛との再会を喜んで抱きしめてくれた。平民に身をやつしても気品は隠せない。髪を無造作に結い乱れているのも、さらに涼やかな美男に見えた。

「玲樹さまは、お元気でしたか」

「私は元気でしたよ。それより、こんなところで、凜と再会するとは思いませんでした。まさに、『清漣《せいれん》に濯《あら》はれて妖ならず』ですね」

　意味が分からず首を傾げると、後ろにいた子陣が徐玲樹の肩を押した。

「おい！　まったく、油断も隙もないな！」

　どうやら凜を蓮《はす》に喩《たと》え、口説いていたらしい。教養がないのを知られないよう、凜は口をつぐんで薄ら笑いで誤魔化した。とはいえ、二人の男はそんなことはどうでもよいらしい。徐玲樹はすでに成王の指示で流民の救済に当たっていて、支援の初期態勢を整えていたようだ。子陣は彼に物資について語りだし、運んできた穀類をリストアップした帳面の写しを手渡す。

　凜はあたりを見回した。

　長い間雨が降っていないのか、土が乾き、砂埃《すなぼこり》ばかりがなにもない道に舞っている。流民を助ける人は、雇われている小役人以外におらず、元気そうな民はひとりもいない。

　凜は徐玲樹の袖を引いた。

「県令が流民を台州府に入れず、締め出していると聞きました。やっぱり温州からの流民が多いのですか」

　凜が訊《たず》ねると、徐玲樹が頷《うなず》いた。

「温州からが多いですが、豊かな台州を目指して各地から続々と流民が来ていますね。

県令は台州府の城内の治安維持を理由に流民を入れないように門の警備を強めています。台州の民も自分の生活で精一杯。流民を助ける余裕もなく、台州の街に流民が入るのを警戒しているのです」

やはり――流民は台州の人ではないことになる。

2

「ご案内しましょう」

徐玲樹は流民に一日二回、重湯を配っていた。米が足りないせいでもあるが、飢餓状態の胃に固いものを与えると腹を壊すらしい。一方凜は流民たちが飲んでいる水が気になった。

「綺麗な水ではないんですね」

徐玲樹は申し訳なさそうにする。

「いい水を出す井戸の数が足りていないのです」

井戸が少ないので水が足りない。脱水症状の流民も多いらしく、汚い水を飲んだ流民には下痢や頭痛、嘔吐《おうと》がみられるようだ。凜はどうしたらいいか考え、以前、成王府で水のろ過装置を作ったことを思い出す。あれなら樽《たる》さえあればあとは石や土などで作れる。凜は早速準備するよう指示した。

「なぁ、凜」

そこに——忙しくしている凜の背を、悠人が指で突《つっ》いた。

「金あるか」

「え？　なんのお金よ」

「砂糖を買いたい」

「砂糖？」

金を無心されるにしても、砂糖を買いたいとは、どういうことだろうか。

「なにに使うの？」

「水と砂糖と塩があれば、経口補水液が作れるんじゃないかって思ったんだ」

凜ははっとした。

「あんた、天才かも！」

悠人はへへんと鼻を指でこする。

「人間の六十パーセントは水でできていて脱水症状は危険なんだ。こんなに乾いた日が続いたんじゃ、きっと流民たちは水を十分飲めていないよ」

「でも……経口補水液を作る調合の割合は知ってんの？」

「そんなの……適当だよ……」

「適当って……」

「嘘だよ。水一リットルに砂糖を大さじ四くらい。塩は少々」

「よく知ってるね」

「昔、通ってたジムで教えてもらったんだ」

悠人の言う通り、明らかに流民たちは塩分と糖分が不足している。凜は自分の懐から巾着《きんちゃく》を取り出すと、役人に頼んで城内へ砂糖を買いに行ってもらった。

「あとは食事ね……」

重湯だけでは炭水化物しか摂《と》れない。腹の足しにはなっても健康を取り戻すことはできない。思えば、大学生の時、無理なダイエットがたたって、栄養失調になった友達がいた。偏食や多忙などによって引き起こされる現代の栄養失調——新型栄養失調だ。免疫力の低下で風邪など感染症になりやすくもなる。

「この調子だと、病が流行しないか心配ね」

凜が前を歩いていた子陣と徐玲樹に言うと、彼らも同意した。

「これから寒くなりますからね。流行病《はやりやまい》が蔓延《まんえん》しないか心配です。風邪が悪化して肺炎になったとしても、流民に行き渡るだけの薬などない。大変なことになります」

台州の風は冷たい。凜は急に首元が酷く寒く感じ、襟を右手で寄せた。気づいた徐玲樹が自分の麻の手巾《ハンカチ》を凜の首に巻いてくれる。しかし、あたりを見れば、流民たちはもっと薄着である。凜は申しわけなくも悲しくもなった。

——できることはなんでもしないと！

「重湯だけでは栄養が足りない。せめて野菜や肉を加えないと……」

しかし、凜の呟《つぶや》きが耳に入ったのか、側を歩いていた役人の一人が鼻で笑った。

「台州各地にいる流民を合わせると三万人もいます。肉や野菜を加えるだけの予算はありません。人は死ぬ時は死にますからね。あまりお気になさらず。悩むだけ無駄ですよ。墓の穴さえ掘っておけばいいのです」

凜は猛烈な怒りで拳《こぶし》を握り、男を殴りそうになった。が、今そんなことをするのは無益だ。ぐっと堪《こら》え、考える。

――どうしたらいい……どうしたら……わたしは今、なにをしないといけない？

現代は豊かでなんでもあった。欲しいものはコンビニで手に入り、飢えた人を見たことなどない。食べるものがなく死にかけた人がいても、路上に放置したり、せせら笑ったりはしない。でもここでは、貧しく生まれたことがまるで罪かのように扱われる。

凜は乾いた空を見上げた。雲がまるで知らん顔をしているのが恨めしい。葉っぱの形をした雲が悠々と蒼天《そうてん》を流れていく――。凜ははっとひらめいた。

「そうだ。七草粥《ななくさがゆ》！」

凜は悠人を呼ぶ。

「野菜とか肉が無理でも、せめて七草粥を作ったらどうかな⁉」

「あ、ああ！　なるほど！　いいアイデアだよ、凜」

「えっと、ええっと、なんだっけ？　せり、せり、なずな、ごぎょう、はこべら……ええっと、ええっと」

「ほとけのざ、すずな、すずしろ、だろ！」

「そう、そう！」

スズナはカブでスズシロはダイコン。だが、ナズナはぺんぺん草のことでハコベラはハコベのこと。どちらも雑草で越年草。栄養素が豊富な薬草でもある。王太医からもよい考えだとお墨付きをもらったので、流民の中でまだ動けるものたちに給金を払って探しに行ってもらった。

凜たちで探してもよかったが、少しでも流民の手元にお金が渡る方がいいし、彼らもただ金を恵んでもらうよりも自分で働いた対価として受け取る方が気持ちいいはずだ。

凜は辺りを見回した。栄養不足で体がむくみ、髪はパサパサ、抜け毛も多く、唇が荒れている女たちがぼんやりと座っていた。炊き出しも役人だけではとても追いつかない。

凜は声を張り上げた。

「炊き出しを手伝ってくれる人を探しています。一日二回の食事の支度を手伝える方は給金を払うので来てください」

すると、あまり具合の良さそうでない者まで立ち上がってぞろぞろと凜のもとへ集まってきた。男には薪《まき》わりを、女には調理を、具合の悪そうな人には座ってできる仕事をお願いする。それぞれ給金の額は違うが、これでひとまず流民たちに金を与えられる。

そのころには薬草取りに出かけた者たちがナズナとハコベを持って続々と帰って来た。

凜は小銭と引き換えに野草を受け取り、粥《かゆ》に混ぜて煮る。味は苦くなるとはいえ、重湯より栄養の観点から言えばマシになる。

「よく七草粥なんて思いついたな」

悠人が鍋《なべ》を大きな木じゃくしでかき混ぜながら感心する。

「毎年、一月七日に近所のお寺で七草粥が配られてて。雲を眺めてたらそれを思い出しただけ」

「五節句の一つの人日《じんじつ》だな」

「悠人も詳しいね」

「オレだって社会人だぞ。ネットニュースで『今日はなんの日』くらいはいつもチェックしてた」

悠人はこういう偉ぶらないところがいい。

「朝食はオレたちが持ってきた麦や粟《あわ》で当面はなんとかなるだろう」

「そうね。子供たちにはなるべく多めにあげたい」

「それがいい。じゃ、そろそろオレは王太医を手伝わないと」

悠人は凜に木じゃくしを渡して、医者の卵の顔になる。いつものへらへらの腑抜《ふぬ》けた頬ではなく、しっかりと口元を締めて目も真剣だ。二度と彼に心が揺らぐことはないけれど——凜は彼の成長を好ましく思った。

悠人が駆けていった方を見れば、王太医は既にテントを張って重病人の診察を始めていた。悠人はまだ見習いだが、怪我人に包帯を巻いたり、薬を煎《せん》じたりすることはできるようだ。忙しそうに師の後ろにつく。医者に診てもらおうと子供や老人を背負った人で簡易の病院は混雑し始めていた。

ただ凜は、すぐに困ったことに気がついた。

民は文字が読めないのだ。

トイレはその辺にするし、どこで食事が配給されるかも分からない。仕事の受付場所も何人もの人に聞いてやっとたどり着くありさまだ。それが各所で起こっている。排泄物《はいせつ》のたれ流しは不衛生なだけでなく、流行病のきっかけにもなる。文字が読めないと食事の配給や求人などに不利益もある。

「そうだ！」

凜が思い出したのは東京オリンピックのピクトグラムだ。あれを利用すれば、言葉が分からなくても大丈夫だ。凜はアイデアをすぐに実行した。板を何枚かもらってきて、薬の絵や医者の絵、粥を入れる碗《わん》と箸《はし》の絵、厠《かわや》の絵などを描いて張り出したのだ。

「おお、こりゃいい」

民もどこに立てば自分の順番が回ってくるのか分かって秩序が整い始めた。これできっと排泄も決まった場所にしてくれるだろう。凜は満足げに流民たちを見回した。食事の配給も、整理券を発行して立って並ばなくていいようにしたので、具合が悪い者が長時間立っていなくてもすむようになった。

忙《せわ》しなく動き回って流民たちの生活環境を整えていた凜は、近くに見えたたき火の煙が細く頼りないことに心を痛めた。もっと勢いよく火を焚《た》き、皆で暖が取れるようになればいいのにと――しかし、薪の数は少なく、食事の煮炊きが優先だ。

凜は簡易のテントに寝かされている流民の一人一人の様子を見た。無力な自分を痛感して悲しい気持ちになってしまう。

「さっそく適切な処置をしているようですね、凜」

いつの間にか、徐玲樹が横にいた。

「適切かどうか分かりませんが、手探りでもなにかしたくて」

徐玲樹は無言で同意した。袖《そで》の埃《ほこり》を払いながら、冷たい北風に向かって二人は歩き出す。美味《おい》しそうに七草粥を食べる子らに多少の安らぎを感じる。この子たちはどんな思いで、どれほどの距離を歩いてここにたどり着いたのだろうか――。

「流民はほとんど、台州ではなく温州の人たちだと聞きました。温州は貧しい土地なのですか」

徐玲樹は首を横に振った。

「いいえ。稲作が盛んな豊かな地です」

「ならどうして？」

徐玲樹は少し困った顔をした。どう説明したらいいのか分からないといった様子だ。

やがて彼は考えながら口を開いた。

「公田《こうでん》法という法をご存じですか」

「公田法？　確か――安清公主さまが、去年、彗星《すいせい》が現れた時に議論された税法だと言っていたような……」

「さすが公主です。よくご存じだ。公田法は農民の田畑をそれまでのものより短い尺で測り直し、余分の部分を公田とする法のことで、内侍省西城《せいじょう》所の管轄です」

「それじゃ、理不尽に土地を没収されるのと同じじゃないですか」

徐玲樹は頷《うなず》く。

「ええ。しかも、土地の売買所有権の権利書を過去に遡《さかのぼ》って調査し、はっきりとした売買の証明が出来なかった土地もまた公田として取り上げます」

凜は驚いた。この世界の人の多くは字が読めない。契約書など交わしていない可能性は高かった。それを国が没収してしまったら、土地を失った民は困窮してしまう。

「よって貴族による大規模な荘園を除き、一般農民は多くの者が土地を取り上げられ、農奴となるほかなくなったのです」

「そんな……」

「そんな折、雨が少なく飢饉《ききん》が訪れた。民は土地を捨てて希望だけをたよりにこの台州にやってきたのでしょう。成王殿下は自分の利より民のことを考えておられる。だから台州の税率は他の場所より低く、暮らしやすいと評判です。貧しい者たちが台州を目指したとしても不思議ではありません」

「それでは、これは天災ではなく、人災ということですか」

「まさに、そういうことです。しかし、台州の民は自分たちの生活だけで精一杯です。よそ者の世話までしたくないというのが現状で、台州府の都城の中に入れたくない。役人も自分たちの責任になるのを嫌って城門の外にこうして留め置いているのです」

日が暮れてきた。うっすらと暗くなった東の空は、まるで墨色に滲《にじ》んでいるように見える。

徐玲樹は「では」とだけ言ってまた現場へ指示を出しに行ってしまった。

凜は夕方の寒さに凍えた。同時に無性に理不尽なこの世界に怒りを感じたし、自分がなんとかしなければという責任感とともに何ができるのかという無力感に襲われた。

——わたしはどうしたらいいの？

凜は宵の空に訊《たず》ねた。

3

「凜、お疲れでしょう。忘憂《ぼうゆう》の物でもいかがですか」

「忘憂？　なにかをわたし、忘れてますか？」

台州に来て何日目かの夜、凜がぼんやりと台州府の役所の庭にある涼亭に座っていると、壺《つぼ》を振りながら徐玲樹が現れた。後ろで杯を三つ持っているのは子陣だ。

『秋菊佳色有り、露にまとうて其《そ》の英《はなぶさ》をとる。此の忘憂の物に汎《う》かべて、我が世を遺《わす》るるの情を遠くす』ですよ」

徐玲樹が涼やかに詩を口ずさむ。子陣が呆《あき》れた顔をした。

「徐玲樹、凜に詩を吟じるな。無駄なだけだ。通じやしないぞ」

「お義兄《にい》さまは本当に失礼ね。でも……どういう意味ですか？」

徐玲樹が何かを言おうとする前に子陣が答える。

「こいつは単に、重陽も一緒に飲めなかったし、飲んで憂さを晴らそうと言っているだけだ」

子陣の方がわかりやすくていい。二人は従兄弟《いとこ》同士だが、若竹のような子陣に対して白木蘭《はくもくれん》のような徐玲樹。不仲のようで意外と仲は悪くない。

「忘憂の物って、お酒のことだったんですね」

それならそうと言ってくれればいいのにと思いつつも、言葉にはせず、目の前に並べられた杯に酒がなみなみと注がれるのを眺める。

「でも——みんなが苦しんでいる時にお酒なんて……」

不謹慎ではと遠慮したものの、徐玲樹が無理に凜に杯を持たせる。

「明日も長いのです。一、二杯、飲んでも差し支《つか》えないでしょう。それにこれは私が杭州から持って来た酒で、この地で調達したものではありません。特別な時に飲もうととっておいたのです。凜の労をねぎらい、一杯の酒を捧《ささ》げさせてください」

徐玲樹は杯を掲げて飲んだ。そうされては返杯しないわけにはいかない。凜も強い酒をぐいっと干す。夜風は冷たいけれど、体の中はカッと温かくなった。まさしく「忘憂の物」。時に酒は憂いを忘れさせてくれる——。

凛は酒を片手に涼亭から空を仰いだ。

月はさやかで、ひんやりとした冷気が辺りに漂う。

今夜の子陣に小言はない。高欄に足を伸ばして、徐玲樹が引く琴の音に耳を澄ませ、時折、指先でリズムを取る。玲瓏《れいろう》とした琴の音はもの悲しくも優雅で、音楽になんの嗜《たしな》みもない凛の胸すら打った。

「素晴らしいですね、玲樹さま」

「お恥ずかしい限りです」

謙遜《けんそん》して見せ、徐玲樹は、酒を一口飲んだ。

「それにしてもなぜ、玲樹さまが流民の救済を？」

「それは——」

徐玲樹が言いかけた時、子陣が言葉を挟んだ。

「父上が命じたのだ。流民を助けるようにと」

「さすがお義父《とう》さま。民のことをお考えなんですね」

子陣が鼻白む。

「そうでもない。父上の思惑は、こいつに功を挙げさせ、杭州に戻すことだ」

凛が子陣から徐玲樹に視線を移すと彼は浮かない顔をした。

「確かに殿下の仰《おつしや》る通りです。ですが――この状況を見て人として心を動かさぬ者はおりません。きっかけはどうあれ、民を助けたいとの思いで自ら動いているのです」

子陣は徐玲樹の言葉に懐疑的だ。

「よく言う。軍費を横領したくせに」

過ぎたことをまたくどくどと言い出した。酒が入っているから尚更《なおさら》たちが悪い。しかし、徐玲樹はどこ吹く風だ。そういえばと、酒を子陣に注ぎながら言う。

「殿下からいただいた帳簿によれば皇帝陛下より支援物資が届くはずですが、まだです。いつ届くのですか」

「なに？　陸路で送ったが、もう届いているはずだ。確認していないのか」

「確認は毎日させております。届いたのは米五百石ばかりでそれ以外はなにも来ておりません。どういうことでしょうか」

「なんだと!?」

子陣は驚いたように叫んで立ち上がった。

しかし徐玲樹は落ち着いたものだ。袖を左手で押さえながら酒を口にして、眉《まゆ》を寄せて言った。

「やはり、中抜きでしたか。しかし、そんなことはよくあることです」

「よくあることってな！」

「中間管理職にも甘い汁を吸わせないと物事は上手《うま》く進みません。五百石届いただけよしとしませんと。強欲になると恨まれてしまいます。それが国を上手く回すコツですよ、殿下」

さすが、横領の常習犯。国の裏の顔をよく知っている。凜は変な感心をしたが、正義感が強い子陣は怒り心頭だ。杯を卓に叩《たた》きつけてあたりを行ったり来たりしながらぶつぶつ言っている。

「許せぬ！　どれだけの民が飢えていると思っているんだ！　決して許されぬ！」

顔を真っ赤にした子陣に徐玲樹が袖《そで》から取り出した扇子で煽《あお》いでやる。

「そんなに熱くならなくてもいいのでは？」

「これが怒らずにいられるか！」

凜は「まあまあ」と彼の衣を引っ張ってもう一度、椅子に座らせた。

「きっと玲樹さまにいい解決策があるよ。そうでしょ？　玲樹さま？」

徐玲樹は静かに微笑み、杯を置いて少し考え始めた。

「救済米にしろ兵糧にしろ献上品にしろ、品がなくなるのは大抵『海賊』や『山賊』の仕業と相場が決まっています。海ならば『難破』もあり得ますね。しかし、今回は陸路が選ばれました」

「それで？」

子陣は徐玲樹を急《せ》かせた。

「私が中抜きするなら――飢饉で治安の悪くなった台州郊外を運搬中に山賊に襲われた

ことにします。むろん、山賊は雇われた者にすぎず、大半の荷は自分の懐に入ります」

「誰がそんなことを……」

凜はとても信じられずに口を挟んだ。

「地方官か、あるいは国の重臣か、皇族か——そこのところは定かでありません。救援物資が台州に届くまでの経由地で、皆が少しずつ上前をはねるので、結局ごくわずかしか必要なところに届かないのです」

彼は扇子の房を撫《な》でながら考えた。

「全ての米を取り戻すことはおそらく不可能でしょう」

「なぜだ」

「救済米の多くは国中に散らばってしまっているからです」

「………」

「道中、各所。また恐らく杭州にもあるでしょう」

子陣は頭を抱えた。彼とて公の金がしばしば中抜きされる事実をよく知っているようだ。だが、自分の身に起こるとは思わなかった、それだけだ。しかも取られたのは皇帝からの救済米。最終的な責任は子陣が負わなければならない。

「人が生きるか死ぬかという時に金儲《かねもう》けしようなどと信じられない。人として許せぬ！」

徐玲樹は複雑な顔をした。

「成王殿下が私に流民の救済をするようにおっしゃったのは、私に功績をあげさせ、都に帰すためだけではなかったのでしょう」

成王は徐玲樹に改心して欲しいのだ。今までの悪行の数々を後悔してくれたらと思う親心なのだろう。徐玲樹もまたその期待に応《こた》え、苦労を重ねて成長をし、民の心の分かる人間になろうと頑張っている。凜もこの世界を少しでも変えたいと思った。民を救い、誰もが普通にご飯を食べられる世界にしたい。

「とにかく、俺は皇上に追加の米を送ってもらえないか頼んでみる」

「でもそれだけじゃ、また上前をはねられるだけじゃない？」

凜が子陣に懸念を言うと、彼は首を横に振る。

「今度は秦影を監視役として派遣し、四六時中、目を離させないようにする。そうすれば大丈夫だろう」

しかし、徐玲樹は吐息まじりに扇子を袖の中にしまった。

「皇上は追加の米などお送りくださらないでしょう。流民は各地に及んでいるというのに、台州には格別のご配慮をくださった。ここで台州にだけさらなる支援をすれば、重臣たちの反発を生みます」

「…………」

凜と子陣は言葉もない。その通りだ。

「ではどうしたらいいですか、玲樹さま……」

徐玲樹が凜ににこりとする。

「多少なら米を取り返す方法があります」

「本当か!?」

「少なくともこの台州にある分ならば取り返してみせます。なにしろ、私は七年で十万貫の国費を横領したのですよ。それくらいは朝飯前です」

「威張るな。お前を腰斬《ようざん》にしなかったのを後悔するではないか」

徐玲樹は悪びれず一笑する。からりとした明るい表情だ。今までの罪を罪と認めて、償おうと心に決めたのだろう。だから凜は手を差し出した。協力し合えばきっと民を助けられる。徐玲樹は握手の意味が分からず戸惑っていたが凜は手を握り締め、子陣の手のひらも上に重ねた。顔を見合わせて笑みを交わす。

「大丈夫。わたしたちならできる。救済米を取り戻しましょう!」

「あ、ああ」

子陣が居心地悪そうに答えた。徐玲樹は女の手を握るのは慣れているのだろう。なんていうことのない顔で続けた。

「十中八九、犯人は役人です。しかし——犯人が賢ければ、自分の配下を使って盗んだりしない。やっかいなのはそこだけです」

「うむ」

「なにしろ、自分の使用人を使えば、捕まった時に言い逃れができませんからね。しかし、盗賊や海賊を使えばどうでしょう。上前をはねたあとに何らかの口実で処刑して口封じをしてしまえばいい。自分とは関係ないと言い逃れができます。特に地方役人なら強い権限をその地域に持ちますので、処刑など簡単でしょう」

凜は身を乗り出した。

「それならどうやって役人が盗んだと証明するのですか」

「盗賊などというものは、寄せ集めの悪人だと思う者は多いでしょうが、頭《かしら》ともなるとそれなりに頭が切れるものです。依頼人からの文や証文、割り符を残している。そして依頼人とは金だけの関係です。さほどの義理を感じてはおりませんので口は堅くない」

「なるほど」

徐玲樹は白い袖にぽつんとついた黒い汚れに目を落とした。どうやら血の染みのようだ。

看病した流民のものか——。

「さて、明朝一番に出かけましょうか、凜。正直、この哀れな民たちから救済米を盗むことを私は許せそうにありません」

徐玲樹は珍しく義憤にかられているようだった。凜は同じる。

「はい！　それはもちろん、わたしもです！」

「俺だって許せない！」

三人の意見は一致した。しかし一抹の不安がある。

「でも……いったい、どこへ行くのですか？　山賊などどうやって捕まえるのですか」

「凜、着飾ってもらえますか、それこそ大金持ちの女性に見えるように」

「？」

凛はよくわからずに徐玲樹と子陣の顔を交互に見た。

4

「この辺りです」

凛が騎馬で徐玲樹と相乗りして連れて行かれたのは、崖のある山中だった。左右を竹林に囲まれ、人の通りはなく、悲しげな猿の鳴き声が遠くから聞こえてくる。霧が立ちこめ、遠くはよく見えない。

「結婚していない男女が馬に相乗りなど不謹慎だ」

子陣が後ろから小言を飛ばしていたが、凛も徐玲樹も聞こえないふりをして手綱を握った。なにしろ、これは山賊をおびき出す罠なのだ。

旅をしているように見せている。凛が金の簪を挿して豪奢な絹の衣を着ているのもその ためだ。子陣には山賊が現れた時、まず一番に戦ってもらわなければならないので、彼と相乗りしていては動きが鈍くなる。馬に乗れない凛は、自然と義理の従兄の徐玲樹と相乗りとなった。彼も暇な金持ちのような趣味の悪い金ぴかの衣を着ていた。

三人はずんずんと道を上った。その後ろを驢馬がひいひい鳴きながらいかにも重そうな荷物を引く。もちろん、中身はただの石ころで、後方からは皇城司の武官が隠れてついて来ていた。

「そろそろか……」

雲が蒼天《そうてん》を覆いだし、怪しい空模様となった時、独り言のように徐玲樹が呟《つぶや》いた。すると竹藪《たけやぶ》から剣を抜いた身なりの悪い男たちが二十人ばかり現れた。こちらは凜を合わせても八人しかいない。子陣が馬から跳びおり、剣を抜いた。鮮やかに三人をあっという間に片付け、足蹴《あしげ》りして四人目と距離を取る。

「加勢しなくていいんですか」

馬上で房のついた扇子を弄《もてあそ》んでいる徐玲樹に凜は訊《たず》ねたが、彼は少し凜に身を寄せて平然と耳元で囁《ささや》いた。

「武術にすぐれた一級の武人である郡王殿下に限って助けなど必要ありません。我らは高みの見物といたしましょう。どうせ加勢しても邪魔になるだけです」

それでも六人であと十七人を相手にするとは、分が悪すぎる。

しかし、隠れていた皇城司の武官たちが、枯れた竹の葉を踏みしめて走って来ると、一気に情勢が変化した。

さらさらと竹が風に揺れて音を立てる中、男たちは剣をぶつけ合って戦う。

子陣の剣が頭《かしら》とおぼしき男に振るわれる。宙を舞った剣が青竹をかすめた。その拍子に竹はすっぱりと切れ、どうっと音を立てて地面に倒れた。

空を切る剣が、舞い落ちる竹の葉を真っ二つに切り裂いていく。

「この野郎！」

頭が大刀《だいとう》を振り回す。

鉄の鎧《よろい》も打ち砕くというその刀は二メートルほどもあり、刀刃は非常に大きい。

それを力任せに子陣に打ち付けてくるのだ。

凜は手に汗を握り、見ているだけではらはらしていた。

が——凜を抱きしめている徐玲樹は辺境の兵士が勇猛に戦うさまを歌った賦を口ずさんでいて他人事《ひとごと》だ。指がエアー琴を弾いてさえいた。

子陣はその間、全力で戦っていた。

身を高く翻し、剣を平行にして喉《のど》を狙ったかと思うと、頭の脇腹を斬り、振り返りざま更に腕を斬った。

しかし、相手も腕一本で勝負している盗賊の頭だ。傷を負っても、簡単に次の手を予測させせない。

最終的に高価で良質な鉄で作った剣を持っていたのが勝敗を分けた。

互いの剣が激しくぶつかり合い、カンと高い音を立てた時、山賊の大刀が折れたのだ。

子陣はその瞬間を逃さずに山賊の頭の首に切っ先を向けた。

「全員確保いたしました」

子陣が息を切らして剣を納めた時、皇城司の武官たちもすべての山賊を押さえつけて拝手していた。

「助力に感謝するよ、従兄どの」

子陣は凜と優雅に馬上にいる徐玲樹に嫌みを言いながら、山賊たちを見回した。全員確保と言っても、すでに息絶えそうな者もいる。

「応急処置をせよ」

子陣は親切にも手当を命じた。そして黒髭《くろひげ》でざんばら髪の頭の前に立つ。相手の眼は恨みがこもって鋭い。不敵にも唾《つば》を吐いて子陣を威嚇した。

「実は訊ねたいことがあって会いにきたのだ」

「くそ野郎！　用があるなら門を叩《たた》け！」

「あいにく貴邸を知らなくてね」

子陣は乱れた襟を直しながら二人がかりで押さえられている頭を見下ろした。

「実は、杭州からの救済米の一部が消えたのだ。お前たちが関わったのは想像に難くない。誰に頼まれたのか」

「おれが知るわけがないだろっ！」

「救済米が通ったのはこの道だったというし、ここはそなたたちの縄張りだろう？」

「知るかっ！」

頭はそっぽを向いた。

子陣はわざとらしいため息を吐いて見せた。

「知らないそうだ」

言った相手は徐玲樹だ。

彼はにこやかに答えた。

「では全員殺してしまいましょう。もう用はありません。ねぐらに行けば、女子供がいるでしょう。そこで訊ねればいい」

その答えに子陣も盗賊もぞっとした。知らない人が見れば、馬上にいる徐玲樹がこの一行の主人に見える。それが皆殺しを命じた。凜すらちょっとぞっとした。徐玲樹の冗談はいつも本当に聞こえる。

「それはまずいだろう？」

「山賊が皇上のお気に入り女官の一行を襲ったのです。返り討ちにしてしまっても誰も文句はいいませんよ？」

凜はどうやら囮《おとり》だけの役割だったわけではないらしい。「皇帝のお気に入りの女官」として立ち回らなければならないようだ。凜は仕方なく後宮の妃嬪《ひひん》を真似て演技した。

「妾《わらわ》を襲うとは言語道断ですわ！　許すまじき蛮行です。妾を攫《さら》ってどうしようとしていたのやら！　これは皇帝陛下に奏上し、一族郎党皆殺しにしていただきましょう！」

慌てたのは山賊の頭だ。家族の命を取られるほどの報酬を救済米の強奪で得たわけではない。あまりに釣り合わない。白状するのが吉だ。

「知りたいことはなんでも言う。だから、それだけはやめてくれ！　女官と知っていたら襲う気などなかった！」

徐玲樹の狙い通り、山賊は数枚のやりとりの手紙と、受け渡し書を持っていた。

「あまり横領に慣れていない人物のようですね。こんなに証拠を残すとは」

徐玲樹は呆《あき》れながら証拠をめくる。子陣も同意する。

「頭の証言によれば、どうやら台州の官吏の家宰《しつじ》らしき男が取り引き相手であったらしい。いま、皇城司の武官に人相書きを書かせている。鼻の下のほくろが特徴的で、手がかりになりそうだ」

「これで黒幕が見つかりそうね」

凛が一息つくと、徐玲樹が首をすくめる。

「そうかもしれません。こんな雑な仕事ではすぐにばれますね。私が黒幕なら証拠は一切残しません」

かつて地方官であった徐玲樹が多くの山賊を捕らえ、罪なく捕らわれていた人々を助け出し、賞賛を浴びて出世していったと聞いたことがあるのを凛は思い出した。捕らえた山賊はどうなったのだろうか。凛が青ざめて彼を見ると、優しげに顔をほころばす。

「山賊のねぐらもついでに探りましょう。きっと『許すまじき蛮行』の数々があることでしょう」

子陣が頷《うなず》く。子細にはこだわらないようだ。

「玲樹さまはいい人なのか悪い人なのかよくわかりません」

凛は素直な感想を本人に向けた。

「世界というものは必ずしも善と悪でできておらず、白濁しているものです。水が清すぎれば魚は棲《す》まない。何事もほどほどでないといけませんね」

納得できるような、できないような。この世界にはきっとコンプライアンスなんて言葉はないのだろう。

凛は複雑な気持ちになったが、頷いた。

「さあ、お疲れでしょう。戻りましょう」

息が吹きかかるほどの近くで徐玲樹は凛に囁《ささや》いた。

「わたしたちは、山賊のねぐらを調べなくていいのですか？」

「それは皇城司の仕事です。私たちは戻って、米の行方を捜しましょう」

馬首は台州府の方へと向けられた。

凛は考える。

──救済米が横領されたのと、天文の変動騒ぎとはどう関係があるのかな？　熒惑《けいこく》云々《うんぬん》はわたしからしたら絶対にフェイクニュースよ。それに民は踊らされ、地方官は横領事件を起こして利益を得た……繋《つな》がるようで繋がらない……関係ないといえば関係ない。でも第六感がなんだか騒ぐのよね……。

いくら考えても真相は不明だ。

「黒幕はどんな人物でしょうか……」

「さあ。ただ、上前をはねるのは慣例でもありますので、輸送中の宿場で少しずつ減っていくもの。ですが、今回のように大規模な場合は、慣例を越えた組織的犯罪が疑われるので、少なくとも有力な地方官吏が関わっている可能性が高いです。事件になっても中央に知らせずにもみ消せますからね」

徐玲樹は丁寧に説明してくれた。そして知り合いらしき露店の妙齢の女性《マダム》三人が話しているのを見つけると、馬から下りて愛想のいい笑みを向ける。そして子陣が作らせたほくろのある男の似顔絵を見せて訊《き》いた。

「この人をご存じありませんか」

女たちに覚えはなさそうだ。だが、杭州一の美男と呼ばれた男、徐玲樹の行在《みやこ》らしい優雅な雰囲気に飲まれたら協力しないわけにはいかない。

「その方をお捜しなのですね。すぐに聞いてまいりますよ、徐さま！」

三人は売っていた野菜を放り出し、一緒に働いている旦那《だんな》を放って、市の三方に散って行った。

「だ、大丈夫ですか？　任せてしまって」

「世の中においてご婦人の情報網以上に素晴らしいものはありません。少し、茶でも飲んで待っていましょう」

徐玲樹には似合わない掘っ立て小屋の茶屋に入った。出されたのは、茶とは名ばかりでほぼ白湯《さゆ》であったが、この寒い中、温かいものはありがたい。欠けた茶碗《ちゃわん》ですすって飲む。そんな茶でも徐玲樹が飲むと優雅な高級茶に見えるから不思議だ。袖《そで》が乱れないように押さえて茶器を取り、凜に微笑を送って一口飲む。

「台州は田舎ですからね。親切な方が多いのです。すぐに見つかるでしょう」

噂好きの台州の女人たちが、地方官の家宰で鼻の下にほくろのある男を捜し出すのにそう時間はかからなかった。県令の朱という人物の屋敷にそれらしき使用人がいることを、茶が冷めないうちに五人ばかりの女性たちが息を切らせて報告に来てくれたのだ。

「お優しい方だ。ご恩は決して忘れません」

徐玲樹の礼はそれだけだ。手間賃をやる様子はないし、恩など一秒で忘れそうだが、言われた女人たちは真っ赤になって何度も頭を下げて帰って行った。凜は茶のおかわりを頼みながら訊《たず》ねる。

「それで、この後どうするのですか？　踏み込みますか？」

「いえ、体をはって危険を冒すのは、郡王殿下と皇城司の武官に任せましょう」

日が沈み始めると、子陣たちが山賊のねぐらから、子分たちを紐《ひも》で繋いで戻って来た。山賊に攫われた女たちを救出し、大手柄だったようだ。武官たちは揚々としていたが、本番はこれからだ。凜は、下馬した子陣を摑《つか》まえた。

「玲樹さまがあのほくろの男を見つけたの！　その雇い主もね！」

「もう？　こちらもいくつか情報を得たが……」

「玲樹さまの情報網を甘くみないことね！　黒幕《いぶか》よ！」

ご婦人方からの情報だとは知らない子陣は、訝るように凜の後ろにいた徐玲樹を見た。

彼は白い衣の襟を寄せて、寒そうに身震いした。

「さて、大捕物に行って来てください」

「その情報は確実なのだろうな」

「ならば、『皇帝お気に入りの女官』が山賊に襲われそうになったのは、県令の怠慢によるものだとして調査すればいいのでは？　山賊を放置したのはなにより県令の不手際ですから」

「県令？　まさか黒幕とは、朱県令ではないだろうな！」

「そのまさかのようですね。例のほくろの男は、朱県令の使用人だそうですよ」

朱県令は船から降りた時、凜たちに腰を低くして挨拶《あいさつ》した一人だ。

徐玲樹は道の向こうを指差した。

鼻の下にほくろのある人相書き通りの男が雑踏を窺《うかが》うようにこちらを見ている。子陣は慌てて山賊の頭をそちらに向けた。

「あの男か」

「は、はい。そうです……」

山賊が捕まったと聞いて気になって様子を見に来たに違いない。今ごろ震え上がっていることだろう。子陣は秦影に命じて人混みに紛れて逃げようとする男を追わせた。

徐玲樹はそんな皇城司の武官たちに目もくれず、凜の手を取って大通りを歩き出し、一軒の屋敷――おそらく朱県令の屋敷の前まで行くと、その向かいにある寺の門楼に上り出す。その顔にはわずかに怒りが宿り、凜は恐る恐る訊ねた。

「あの……なぜ、寺の門楼に上るのですか。朱県令の屋敷は目の前なのに……どうするんですか」

「私たちは、危ないのでここから眺めていようと思いまして」

徐玲樹も子陣ほどではないとはいえ、剣を嗜《たしな》む。それなのに振り回すのは好きではないようだ。自分は孫子《そんし》か諸葛亮《しょかつりょう》のように後ろで手綱を握るのが性に合っているのだろう。

「見ていてください」

徐玲樹は高欄に座って居住まいを正す。

凜も柱を摑《つか》んで身を乗り出した。

朱県令の屋敷の門はどこにでもある官吏の家の佇《たたず》まいだ。しかし、高い寺の門楼からは庭が見える。亭《あずまや》のある築山《つきやま》、剪定《せんてい》された松の木、月形にくり貫《ぬ》いた門、窓には梅の紋様の透かしがあり、塀は白壁、庭に飾られているのは香華宮にもある太湖石《たいこせき》という高級な庭石だ。とても地方の下級官吏の屋敷には見えない。

徐玲樹は目を伏せていた。民の苦しみと役人の専横に心の底から腹を立てている様子だ。凜は彼の心の変化に驚き、成王を思った。成王は誰よりも徐玲樹の更生と良心の目覚めを信じていた。軍費を横領し、塩の専売にも違法に手をつけていた人だけれど、過ちを反省し、今は違う自分になろうとしている。

「開けろ！　今すぐ！　開けるんだ！」

皇城司は激しく朱県令の屋敷の門を叩《たた》く。何ごとかと出てきた使用人を突き飛ばして、武官たちは「じゃまだ！　どけ！」と中に雪崩れ込んだ

「玲樹さま、本当にあんな理由で取り調べをして大丈夫ですか……女官がどうのって、とってつけたようではありませんか」

「理由などどうでもいいのです。なにしろ郡王殿下は凜が思っているよりずっと身分の高い方です。県令などに遠慮する必要もありません。それにおそらく朱県令は叩けばいくらでも埃《ほこり》が出る人物でしょう。流民が台州に流れ込んでいることを成王殿下に報告しなかったことすら重大な過ちでした。それだけでも十分、投獄される理由になります」

凜は納得し、目をこらして県令の屋敷の中を見た。

前庭では既に斬り合いが起こっていた。

用心棒らしき無頼者が大刀やら柄のついた大斧《だいふ》を振り回して子陣たちに刃向かう。

だが、皇城司は皇帝の秘密警察であり、直属の護衛である。

武術の出来るエリート中のエリートがスカウトされ、訓練に訓練を重ねて出世する。

昨日今日、武器を持った人間など相手にならない。

しかし、使用人が蔵から米袋を背負って逃げようとしているではないか。証拠隠滅を図ろうとしているのだ。

「あ、あれ！」

「無駄なあがきですね」

徐玲樹は、米を持って寺の前を逃げようとした使用人に、門楼の上から、扇子に仕込んだ小刀を投げた。腕を斬られた使用人は倒れ、他の者も逃げまどう。

そして朱家に雇われていた無頼者はあっという間に捕まった。

ただ一人、混乱の隙をついて家族さえ見捨てて表門から這《は》うように朱県令が出てきた。後ろを振り返り振り返り、人混みをかき分けて逃げようとするが、皇城司の武官たちがそれを逃しはしない。

凜は立ち上がり、「そこよ！　右！　八百屋の横の道よ！」と声を張り上げる。

徐玲樹ももどかしいらしく、ぱっと扇子を開いて不機嫌に扇《あお》いで、大通りを見下ろした。

が――すぐに後ろから馬に飛び乗った子陣が「どけ！　どけ！」という声と共に現れた。

蹄《ひづめ》の音に街人はさっと左右に避《よ》けて道を譲る。

彼は身をかがめ、右手を伸ばす。馬はどんどんと速度を上げた。子陣は朱県令の横を通り過ぎざまにその後ろ襟を摑んだ。そして器用に左手だけで手綱を引いて馬を止める。

馬が嘶《いなな》き前脚を宙に浮かせた。

「ドウ、ドウ」と子陣は馬をなだめて、颯爽《さっそう》と下馬する。半泣きの朱県令を立ち上がらせ、もう絶対に逃げられないと観念するように告げた。

「諦《あきら》めることだな」

県令は子陣が手を放すと、地面に崩れ落ちて動くことすらできなくなった。街人たちも今までの鬱憤《うっぷん》があったのだろう、円になって県令を囲い、口々に罵倒《ばとう》した。

そこへ秦影がすぐに現れ拝手する。

「殿下、国の刻印のある米袋が発見されました！　五百袋ほどです！」

「うむ。ご苦労だった」

刻印があったということは、つまり国の正式な支援米が入った袋が見つかったということになる。これで朱県令の罪は完全に暴かれた。

凜は「やった！」と声を上げ、徐玲樹の肩を叩く。彼も安堵《あんど》の息をつき、子陣も意気揚々だ。配下に朱県令を縛るように命じる。

「しっかりと背後にいる人物について語ってもらうからな。覚悟しておけよ！」

しかし――。

ヒュッと風を切るような音がしたかと思うと、黒い影が凜の前を横切った。同時に呻《うめ》く声がして下を見れば、先ほど捕まえたばかりの朱県令の胸に矢が刺さっているではないか！

「なんてことだ！」

徐玲樹が叫び、門楼の階段を走り下りる。凜もそれに続いた。

「おい、しっかりしろ！」

朱県令の口から血が溢《あふ》れた。子陣が朱県令の体に自分の披風《マント》をさっと被《かぶ》せ、叫んだ。

「……誰か！　王太医を呼んで来い！　今すぐにだ！」

朱県令はもう虫の息だった。ピクリともせず、苦しみのうめき声さえでない。

「しっかりしろ！　お前の背後には誰がいる!?」

子陣は諦めずに朱県令の体を揺すぶった。

「こ、こうかきゅうの――」

そこまで言って朱県令の身体から、すとんと力が抜けた……。

「そ、そんな……」

凜はへなへなと地面に座り込んだ。絶対にこれは何者かに口封じされたのだ。矢が飛んできた隣の商家の二階を振り返って見たがもう誰もいない。

「凜、お立ちください」

そんな凜を徐玲樹が腕を摑んで引き上げてくれた。遺体には顔まで披風が被せられ、台州府の役所に運ばれて行く。

「死んじゃった……どうしよう？　事件の黒幕だったのに……」

凜の嘆きに徐玲樹が声を潜めた。

「死んだのではありません。奴は気を失っただけです。矢は急所を外していましたから。郡王殿下が披風を被せたのは、群衆に死んだと思わせるためです。それに朱県令はこの事件の本当の黒幕ではありませんよ」

「玲樹さま……じゃ……」

「最後の言葉を聞いたでしょう？」

「は、はい。確か『こうかきゅうの』――」

「しぃ」

彼は真剣な面持ちになった。

「背後にいる人物は香華宮の者です。杭州に戻らなくてはなりません」

凛は大きく目を見開いた。目の前で、朱県令が横領していた救済米が没収されていく。それが消えた分よりあまりにも少ないのを見て、凛は声を失った。一体、皇帝が台州に送った米はどこに行ってしまったのだろうか。

5

「こうかきゅうの――」

その言葉を残した朱県令は、虫の息で台州府の役所に運ばれた。無論、表向きは死んだことにされ、密《ひそ》かに王太医によって看病されている。朱県令の家族からは、遺体を返してほしいと散々請われたが、子陣が要求を突っぱねた。

なにしろ、朱県令は、口封じのために射られたのだ。もし生きていることが知られれば、再び刺客が現れないとも限らない。王太医によれば、急所を外したとはいえ矢傷は深く、今は話すことは到底できないが、早ければ数日中に事情を聞くほどには回復する見込みらしい。

「香華宮に米を盗んだ敵がいるとなると、俺たちは一旦《いったん》、杭州に戻った方がいいな」

「え、ええ……それも密かにね」

「そうだな……知られれば面倒なことになるかもしれない……」

「そもそも今回の食糧問題もいろいろ疑惑がありすぎ。聞いて、二人とも──」

凛は子陣と徐玲樹に向かって話し始めた。

「まず、大文院による熒惑《けいこく》に関する飢饉《ききん》の予言。噂による米の値のつり上げと物価の上昇も杭州では盛んになって、その後すぐに台州で食糧難が起こった。でもこれは温州からの流民が多いせいで、台州が飢饉に陥っているわけではなかった。また温州の飢饉も公田法によるもので人災と言っていい。極めつけは流民たちの救済米が行方不明だってこと」

徐玲樹が顎《あご》に指を置いた。

「翰林天文院の報告は嘘の可能性が高いですね。この国では毎年どこかしらで飢饉が起きています。わざわざ予言として奏上するほどのことではないように思えます。公田法が厳しい温州の民を州境《くにざかい》から出せば、彼らは必然的に台州に集まります。台州は皇弟である成王の地。そこに流民が押し寄せれば、大きな問題として取り上げられ、被害が更に甚大に見える……。黒幕の狙いは当然、杭州の物価の上昇でしょう」

凛はうんうんと頷《うなず》いた。

子陣はまだ懐疑的だったが、証拠を集める必要はあると感じているようだ。

「ならば、明日の午後に出る商船に乗って台州を出よう。杭州に戻って調べなければならない」

「そうね！」

「台州のことは任せてください。私がなんとかしましょう」

心強い徐玲樹の言葉に話は決まった。

出立の日、凜は地味な苔色《こけいろ》の圓領《まるえり》の袍《ほう》を着た。上に褙子《うわぎ》を着て、下は袴《パンツ》スタイル。これで中級商家の令嬢にばっちり見える。目立たないように紗《ベール》がかかった帽子、帷帽《いぼう》を被れば完璧《かんぺき》だ。子陣はその兄で商団の若主人という設定だ。秦影や皇城司の武官は荷物運びの人足の恰好《かっこう》をして変装する。そこへ、血に濡《ぬ》れた手を拭《ふ》きながら悠人が現れた。

「行くのか」

「うん。悠人は一緒に杭州へ戻らない？」

見送りにきた彼を誘ったが首を横に振る。

「オレにはしなければならないことがあるんだ」

凜はじんと来た。今まで彼にここまでの使命感を与えたものはあっただろうか。

「悠人……もう立派なお医者さんだね……」

凜は感動のままに言ったが彼は照れ隠しする。

「いやまあ、台州を気に入ったからな。杭州から来たというだけでモテモテだ。経口補水液も大評判だし、オレはしばらくここにいるつもりだよ」

頭を掻《か》きながら言う。ニキビが治って好青年になった悠人は自分で思っているよりよっぽどイケメンだ。心配しなくても杭州や香華宮でもモテモテだろう。

「じゃ、また杭州で会いましょう」

「ああ。気をつけてな」

挨拶《あいさつ》を済ました時、子陣が呼ぶ声がした。

「行くぞ！　凜。早くしろ！」

「え、ええ。待って」

凜は悠人の両手を取った。

「くれぐれも気をつけてね。流行病が起こらないように、皆に手洗いうがいを徹底させて、栄養のあるものを食べさせて、そして、そして……」

「もう行けよ、凜。よくわかっている」

「そうね……じゃ、また」

悠人は手を振った。来た時の巨大船とは違う。中程度の百人ほどを乗せる船だ。心細いが仕方ない。錨《いかり》は上げられ、荒海の中に船は出た。河を下り、台州湾を北上し、杭州を目指すのだ。

「さようなら！」

凜は悠人と徐玲樹に両手を振った。

行きはそれほど酔わなかった凜だったが、帰りは時化《しけ》で最悪だった。

子陣は凜の背を撫《な》でるのに忙しく、手巾《ハンカチ》はいくつあっても足りなかった。しかし杭州が近付き、街のシンボルである六和塔が見えた時、凜の気持ちは急に晴れやかになった。優美なそれは銭塘江の畔《ほとり》で龍神《りゅうじん》を祭り、旅人を迎える。鳳凰山も杭州の街も見えた。凜は叫んだ。

「杭州よ！」

「ああ……凜が死ぬ前に到着してよかったよ……」

子陣は部下に着替えを持ってくるように命じ、凜とともに真っ先に船を降りた。長い間船の上にいたせいで、ふらふらするが、なんとか凜は地面に立ち、両腕を伸ばして背伸びをした。

「ううん！　やっぱり陸がいいね！」

凜はこのまま成王府に戻ると思って、馬車を待っていたが、どうやら子陣はそのつもりはないらしい。皇城司の武官が用意した馬に乗ると、凜に手を差し出す。

「なによ」

「馬に乗れ」

「男女が馬に乗るのは不謹慎じゃなかったの？」

「俺たちは兄妹《きょうだい》だ。なにも後ろめたいことはない」

子陣は断言したが、徐玲樹と張り合っているのは目に見えている。

「玲樹さまだってお従兄《にい》さまよ……」

「いいから、早くしろ」

凜は仕方なく、馬上に引き上げられるが、そのうち、自分で馬に乗れるようになってやると心に誓った。そうすればどこにでも自由に出かけられる。

「それで、今からどこにいくわけ？」

「街で物価の様子を見る」

「あ、そ」

港から杭州一の市場、珠子市まで行くと、二人は馬から下りてあたりを見回した。卸売りから小売りまで、様々な店が軒を連ね、野菜や魚、肉、穀類、衣類、陶器、炭、木材、塩、酒などの日用品が街中に張り巡らされている水路を通じて運ばれる。賑《にぎ》わいは相変わらずなのに、どうも財布を開く人の表情は渋い。ちょうど、先日訪れた麺《めん》屋を見つけて入ってみると、値段は変わらなかったが、中身は半分だった。

「少なすぎぬか」

子陣が言うと主人は恐縮する。

「昨今は、なにもかもが高騰し、仕入れもままならぬ始末でございます」

野菜も卵も、絹もすべて以前調べた時より更に値が上がっている。

「まずいね……」

それもこれも熒惑の異常などというデマが流れたせいだ。

「お義兄《にい》さま、わたしが思うに、熒惑に異常があり、飢饉が起こるという予言が街にもたらされたのは、やっぱり早すぎたとは思わない？」

「そうだな……大臣たちと対策を議論している時にはもう街に広まっていた。てっきり、誰か口の軽い官吏が流したのかと思っていたが……」

凜がずっと抱いていた不審感に、やっと子陣も同意する。

「これがもし、米の値をつり上げるのが目的だったのならどう？　その人はぼろ儲《もう》けよ。その時期に米を買いあさった人を捜した方がいいんじゃない？」

子陣は瞠目《どうもく》した。

「凜が何度も言った『ふぇいくにゅうす』というヤツだな。金もうけのために嘘を広め、米を安価で買い占め、値が上がった所で売る。そういうわけか」

「そう！」

菓子を売る女や道具掛けを背負った男の間を上手《うま》くすり抜けて、凜と子陣は米の団行《ギルド》の行頭《ギルドがしら》に話を聞きにもう一度、行くことにした。

「閉まっているね……」

相変わらず、戸は開いていない。香華宮への納入もこれではなされていないだろう。だが、今はそのことで来たのではない。何度か戸を叩《たた》いて、ようやく使用人が出てきたが、郡王を覚えていたのだろう。引っくり返りそうなばかりに驚いて挨拶もそこそこに行頭を呼びに行った。

「これはこれは……郡王殿下……」

すぐさま現れた行頭は、まだこちらが何も言っていないのに、額《ぬか》ずいて床から頭を上げない。もちろん、凜たちが、再び香華宮に納入する米の催促に来たのだと思ったのだ。

「今日はそなたを責めに来たのではない」

「は？　はぁ？」

間抜けな声を出して行頭は顔を少し上げた。

「聞きたいことがあるのだ。昨今の米不足は、誰かが米の値段を不当につり上げたからではないか。もし不審な動きをした者がいれば、その者の話が聞きたい。天文に関する噂が流れる前の話だ」

行頭は困った顔をした。思いあたる者がいないようだ。

「団行では商人たちが集まって適正な値段を決めます。少しそれより高い所も、安い所もあるでしょうが、大体の値は同じで、不当につり上げることはありません」

「よく、思い出せ。重要なことだ」

子陣は店の小上がりに座ると脚を組む。餅《もち》は餅屋。米の疑問は米の団行に聞くのが一番だ。行頭はおずおずと跪《ひざまず》いたまま前に出た。

「これはただの噂でございますが……」

「うむ。言ってみろ」

「慶萬《けいまん》さんがいい値で買ってくれると、何人かの米屋が米を卸したそうでございます。それはたしか――重陽より前の話でした……」

「慶萬？　だれだそれは？」

まったく聞き覚えのない名前に子陣が訊《たず》ねる。

「慶萬さんは杭州一の大商人で、慶油鋪《けいゆほ》の主人でございます」

凛は声を上げげた。

「油屋なの？　米屋ではなく？」

「さようで」

つまり米の団行に入っていないため、好きな価格で米を売却できるということか。フエイクニュースが杭州の街を駆け巡る前に米を買いあさり、庶民や米屋がパニックになって買いだめ、買い渋りした時、高値で売ればもうけは莫大《ばくだい》だ。

「なるほどな。わかった。――大変だろうが、香華宮にはちゃんと米を届けろよ」

「は、はい……承知しております……」

凛と子陣は米行の建物を出て階段を下りる。

「だんだんと分かってきたぞ」

子陣が明るい目で凛を見た。

6

「まったく杭州は呑気《のんき》そのものだな」

侍女を連れた令嬢たちが飴《あめ》をなめながらはしゃいでいるのを見て、子陣は複雑そうだ。杭州人たちは外でなにが起こっているか知らない。ただ物価の上昇を嘆くばかりだ。

「慶萬という人の店を見に行きましょうよ」

店の場所は聞かずともすぐに分かった。香華宮の北門、和寧門からほど近い一等地で、隣の店を買って拡張したのか、改装開店を祝って赤い布で建物は装飾され、爆竹が鳴らされているだけでなく、獅子舞《ししまい》まで披露されていた。銅鑼《どら》が高らかに鳴り、笛や太鼓を鳴らす楽団の姿もあった。凜は台州の民たちの窮状を思うと悲しくなった。

「かなり儲かっている様子ね」

「そのようだな」

二人は獅子舞を見物する人々に交じって様子を窺《うかが》った。祝儀が投げられ、人々が群がる。

どうやら慶油鋪の油の値は適正、あるいは他より安いくらいで、皆がこぞって買っている。米を売っている様子はない。

「米はどうしているの?」

「小売りはしないのだろう」

「なんで?」

「そりゃ、困っている商人に高値で大量に売る方がいいだろ? 小売りしてばらまくより秘密は守られるし、取り引き額も大きい」

凛は納得した。

「なるほどね……」

「慶油鋪は一人勝ちというわけだ」

ちょうどその時、馬車が人混みを分けて店の前についた。

馬車から降りて来た人物を凛は指差す。

「あれが慶萬じゃない？」

顎髭《あごひげ》を蓄えた四十くらいの男が、艶《つや》がありすぎる七色の衣で現れた。まるで皇帝気取りだが、実際の皇帝を知っている凛はその趣味の悪さに呆《あき》れてしまう。皇帝は地味な色ながら上質な絹を好み、繊細な意匠の刺繡《ししゅう》を襟元に入れるのみで、全身、松だ、竹だ、梅だと七色に飾りたてたりしない。

「ずいぶん趣味の悪い人のようね」

「秦影に調べさせた所、一代で財を築いたやり手のようだ」

「つまり成金ってわけ？」

「まぁ……そういうことだ」

二人は店を後にした。

考えながら歩いていると、子陣がぽつりと言う。

「やはり誰か香華宮の人間が関わっているのだろう。これだけ街全体、いや国全体を巻き込む騒動だ、商人一人にできることではない」

「そうね……少なくとも熒惑《けいこく》の異変というフェイクニュースをでっち上げるには翰林天文院を動かす力がないとならないもの」

「そうなると重臣が怪しいな」

子陣は何人かの重臣の名前を挙げたが、凜はどの人も知らなかった。内廷である福寧殿に出入りするのは限られた人物のみであるし、外廷で行われる政治のことには詳しくない。

「救済米を盗んだのもその人物なのかな？」

「可能性は高いな。米を盗んで高く売る。よほど馬鹿でなければ、朱県令のように国の刻印のある米袋などとっておかないだろうしな。証拠になるようなものは少ないだろう……香華宮に戻ろう。皇上に、見て来たことをそのまま報告しなければならない」

「ええ……」

子陣と凜が皇帝に拝謁を許されたのは夕食後のことだった。すでに十一月。皇帝が謹慎中の福寧殿に灯《あか》りは少ない。階段のところで都知の孔炎が「皇上はここのところ静かにお過ごしでいらっしゃいます」と注意して戸を開けてくれた。凜は気遣いに黙礼をした。

ぽつりぽつりとしか灯りのない薄ら暗い廊下が長く感じる。

「皇上に拝謁いたします」

皇帝は書斎でわずかな灯りのもと、書を読んでいた。凜は極力小さな声で挨拶《あいさつ》をし、子陣とともに跪く。普段、机にある山盛りの奏上文が一つもない。墨も磨《す》っておらず、筆は筆吊《つ》りに並べてあるだけだ。

「うむ。立て」

拝礼はその言葉により略され、凜は皇帝の前に進み出る。茶器が空であることに気づき、凜が慌てて注ぐと、皇帝は黙って飲んだ。どうやら内監や宮人女官を部屋に近づけていないらしい。

「台州はどうであったか」

「ひどいありさまでした」

子陣は食べられずに飢えて死ぬ者も少なからずいたこと、孤児も多く、世話をする人もいないこと、食糧の配給を始めたが、それも十分ではなく、温州からぞくぞくと台州を目指して流民が現れていることなどを告げた。

流民発生の原因が土地を強制的に没収した公田法によるもので、皇帝からの救済米は、中抜きされてほとんど届かなかったことを報告する。

「やはり公田法によるものか」

「その通りかと」

「飢饉《ききん》はなるべくしてなったものだ。翰林天文院が奏上しなくても少し考えれば分かることだった――今年は例年より不作で、状況はもともと良くなかったのに早くに手を打たなかった……そのせいで民を苦しめてしまった……朕の不徳の致すところだ」

皇帝は後悔の念を口にし、頭を抱えた。民を助けてやりたくとも兵糧を放出することに反対する重臣が多く、手立ては少ないという。

「さて……どうしたものか」

「皇上。おそれながら、更なる支援を台州にしていただくことはできませんでしょうか」

子陣が言いにくいことを切り出した。皇帝は嘆息する。

「台州のみに特別の恩情を幾度も与えることはできぬ。温州はもっと深刻なありさまであろう」

子陣もそう言われたらそれ以上、なにも言えない。

凜は顔を上げた。

「それなら――どうか玲樹さまを杭州にお戻しください」

「玲樹を？　なにゆえに？」

「米を横領した人物がいるのをすぐに見抜き、地方官の朱県令を捕らえたのは玲樹さまの知恵によるものです。あの方の頭脳と経験があれば、この問題も簡単に解けると思います」

子陣とは相談しなかった言葉だ。子陣は徐玲樹が杭州に戻るのをよく思わないだろう。少なくとも罪を償うために十年ほどは地方で暮らすべきだと、正義感から確信しているはずだ。しかし、凜には今徐玲樹が必要だった。

「それに関しては……徐玲樹は罪深き身だ。たとえ心を入れ替えたとしても、すぐに呼び返すわけにはいかない……」

「皇上……」

「手立てはないわけではないが――」

皇帝は意味ありげに凜を見たが、凜は気づかないふりをして目線を下げた。徐玲樹は魅力的な人だが、こんなことで結婚するわけにはいかない。

「しかし――まぁ、考えておこう。米の横領は重大なことだ。そういう事情に玲樹が長《た》けているのも知っている。手柄を立てさせるいい機会かもしれぬしな。そして凜。なんとか台州に追加で送る米を確保せよ。台州に発《た》つ前、米を使わない食事を開発したと聞いたぞ。香華宮はまだ節約できるはずだ」

「御意」

凜と子陣はきびきびと拝手すると、そのまま福寧殿を後にした。しかし、凜の足取りは重い。

「どうした？」

「香華宮の米を節約せよだなんて……今までだって頑張ってきたのに、さらにとなると大変よ……」

「大丈夫だ。なんとかなるさ」

楽天的に子陣は凜の背を叩《たた》いてくれた。

が――案の定。

香華宮の米は皇帝の食べる献上米を残して一粒もなかった。

「な、なんにもない！」

「も、もうしわけございません！」

凛付きの女官である小葉が跪《ひざまず》いた。

「ひ、妃嬪《ひひん》さまたちから、麦など飽きた、米を日に三度出すようにとお叱りを受け、私ではどうすることもできず――」

小葉が皇帝に直談判などできようはずもない。子陣も杭州を出ていたから、小葉は気の毒にも助けを求められなかったのだ。

翌朝――。

凛は尚食局の帳面をすべて持って来させ、片っ端から確認した。尚食局の予算は年単位で決まっている。それを超えて物を買うことは許されない。おまけに今は、米だけでなく、野菜、油、塩、砂糖すべてのものが値上がりしている。つまり、インフレが起こっている状態である――。

「ああ、失敗した！　悠人を台州に置いてくるんじゃなかった！」

株をやっていた彼ならば、経済用語も得意なはずだった。それなのに、肝心な時にいない！　凛は頭を机に叩き付けた。

「ああ、もう！」

「だ、だ、大丈夫ですか……お嬢さま……」

小葉が心配げに白湯《さゆ》を持つ手を震わせる。

「全然、大丈夫じゃない！」

麦飯を妃嬪たちに食べさせるのは不可能だ。彼女たちは皇帝の寵愛《ちょうあい》を得られない心の隙間を、贅《ぜい》を尽くすことで満たしている。

小麦を粉にして麺《めん》や胡餅《パン》にするしかない。凛は紙を手に取り、思いつくままメモする。

餃子《ギョーザ》、ラビオリ、シュウマイ、肉まん、ラーメン、うどん、唐揚げ、とんかつ、天ぷら、ムニエル、そうめん、春巻き。

「ドリアだったら、麦を使ってもホワイトソースでごまかせるかも。中華丼も味を濃くすれば……」

自分が台州に行っていた間に、尚食局が後宮の妃嬪たちに出していたメニューに目を通す。

「やっぱり……毎食米を出している……」

飢饉がすぐそこまで来ているというのに、香華宮ではこんなに米を消費していたとは。

凛は、自らを責めた。

「もっとしっかり言ってから台州に行けばよかった……」

後悔だけが残った——。

7

立冬も過ぎ、杭州にも本格的に冬が訪れた。

鳳凰山に朝から靄《もや》が立ちこめ、足元には朝露が冷たく草を濡《ぬ》らしている。手炉《カイロ》を持って向かうのは尚寝局《しょうしんきょく》だ。ここは後苑を掌《つかさど》る部署で、凜が司苑であった時、散々な目に遭わせたところだ。もちろん、付き合いもない。

「気合いを入れないと」

凜は藤色の大袖衫《おおそでさん》に蘇《す》芳《おう》の裙《スカート》という六品女官の正装を着込み、皇帝より下賜された白《しろ》貂《てん》の毛皮のついた披風《マント》姿で足早に内廷を歩いていた。見くびられては困る。内監も宮人女官も、たまたま居合わせた官吏も、動いてはだめだと戒められている衛兵さえも金の歩揺《かんざし》を揺らして歩く凜を振り返った。

そしてにわかに登場した皇帝の義理の姪《めい》に尚寝局は騒然とした。復讐《ふくしゅう》に現れたと思ったのだ。当時、引き継ぎがなかっただけでなく、凜からの悪習の改善案や要望を無視したのだから、そう思っても当然だった。

「ど、どういった御用でございますか……凜司膳さま」

平身低頭なのは、本来は凜より上の正五品である尚寝局の長だ。先に謝るべきか、何か言われてから謝るべきか悩んでいる様子で、真っ青な顔をしていた。

凛は謝ってもらおうなどこれっぽっちも思っていなかった。ましてや復讐などは想像すらしていない。ただ、尚寝局の風見鶏《かざみどり》な体質が嫌いなだけだ。

凛は尚寝局の椅子に横柄に座ると、皇帝からいただいた翡翠《ひすい》の指輪を見せつけるように指で机を叩いた。尚寝局を訪れたのは、内廷の油の管理表を見たかったからだ。しかし凛はもう尚食局に異動した身で身内ではないから、普通なら見せてくれなどしない。だからあえて威圧的に振る舞っていた。

「さる御方から、福寧殿の灯《あか》りが暗すぎるのではないかというお話があった」

「それは……皇上が謹慎中で……」

「お手元で読書をするのもままならないほど節約する必要があるのか」

凛は高級女官の言葉を使って、斜めに尚寝の女官たちを見る。皆、震え上がった。凛が皇帝の意で現れたと思ったのだ。

「尚寝局の油に関する書類をすべて持って来なさい」

「しかし……それは……」

「断るというのか」

「……………」

本来、部署の違う凛に帳簿を見せるのは決まりに反している。女官たちは押し黙った。

凛は立ち上がった。

「わかった。そなたのことはご報告しておこう」

部屋を出て行こうとする凜に、尚寝局の長は慌ててすがった。

「た、だいま、お持ちしますので、しばし、しばし、お待ちください」

うまくいった。凜は内心にんまりすると共にほっとした。尚寝局の長が、気が弱かったからよかったものの、上の者に確認するなどと言われれば凜が処罰される可能性は大いにあった。

「こちらです」

凜は、手渡された縦書きの帳面をめくった。この世界に来て一年以上経つ。縦書きにもすっかり慣れた。唾《つば》をつけて頁《ページ》をめくると、出て来る名前は慶油鋪の名前ばかりだ。

「慶油鋪から油を買っているのか」

凜は威圧的に訊《たず》ねる。

「は、はい……一番、安値で油を卸すので……競売をして決めており、公平な決定でございます」

胸を張って女官は言ったが、凜は考えこんだ。慶油鋪は油を安く売ることで信用を得て、裏では米の値をつり上げて利益を出している……？

凜は考えながら、尚寝局を出た。ぼんやりと歩いていると、ばったりと子陣と遇《あ》う。

朝議の後なのだろう。官服で、凜を見てにやりとする。

「その出で立《い》ちはなんだ。普通の女官ではないか」

「普通ってどういう意味よ」

「いつも略装で好き勝手な衣を着ているってことだ」

「ふん」

「まぁ、似合っている」

子陣が褒めてくれるのは珍しい。凜は首をすくめ、尚寝局での話をしながら、メモを取った紙を渡す。

「なるほどな」

「慶油鋪はこの分では、香華宮すべての油の利権を得ていると思う」

「莫大《ばくだい》な金額だ」

子陣は顔を暗くした。

「どうしたの？　元気がないけど」

「杭州における米の値上がりについて疑問点があるから調べたいと大臣たちに申し入れたが、刑部《けいぶ》と御史台《ぎょしだい》の横やりが入って主導権を得られなかった」

「御史台って？」

「監査を行う機関だ」

刑部は司法に関する機関であることを凜も知っている。今回の米の値上がり騒動について調査をすることになったのだろうか――しかし、子陣の顔は暗い。

「どうしたの？」

「この横やりはおそらく慶油鋪が金を使ったのだ。皆で口を揃えて、捜査を希望する俺を批判した。公田法も貴族に有利な法だ。止めようと言っても誰も聞かない」

「…………」

凜は空を見る。

冬の曇った空を渡り鳥が南へと去って行く。頬に冷たい風が当たり、自分たちが足を踏み入れてしまった謎は思ったより深いことに気づいた。

「矢で射られた朱県令は『こうかきゅうの――』と言ったよね。黒幕はかならずわたしたちの近くにいる。お義兄《にい》さまに反対した重臣たちの名前をあとで書き出してくれる？」

「ああ、そうしよう」

捜査はここで行き詰まった。

「ねぇ、慶油鋪のことはひとまず置いておいて、翰林天文院の予言について調べてみない？」

「天文院をか？　どうするのだ」

熒惑《けいこく》の異変を信じている子陣は及び腰だが、そもそもの始まりは翰林天文院の奏上だ。他に手がかりを得られそうなところはない。子陣もしばらく考えてから糸口はそこしかないことに気づいたのか、同意した。

「そうだな、そうするしかないな。予言がどうもたらされたか調べる必要がありそうだ」

「じゃ、お願いね、お義兄さま」

「は？　妹妹《メイメイ》は？」

「皇上に言われたでしょ？　わたしは内廷の米不足をなんとかしないと。できれば、余剰分を各地の流民たちに送りたい」

子陣は確かにとうなずいた。

「ならば、天文院のことは俺が調べよう」

「お願い」

8

凛はとにかく米不足の解消に奔走した。

尚食局の米蔵はほぼ空である。皇帝は民のことを思ってか麦を黙って食べてくれ、本当に助かるのだが、問題は妃嬪《ひひん》たちだ。何度目かのラーメンを出したところ、後宮では不満が高まった。

「毎日、毎日、麺《めん》、麺、麺」

「胡餅《パン》が続いて嫌気が差しますわ」

後宮の妃嬪たちの不満は爆発寸前だ。

先日まではパスタを珍しがって食べてくれていた人まで麺類はもう見たくないと言い、ラビオリや餃子《ギョーザ》類も残されてしまう。

「いったい、どういう了見ですの？」

そう言って凜を居所の芙蓉殿に呼び出したのは、薄《はく》貴妃だ。左右に取り巻きの妃嬪を従えて、上座からこちらを見下ろしてくる。

「皇上からのお達しでございます。民が米不足に苦しんでいる今、贅沢《ぜいたく》をしてはならぬとのお言葉でございました」

薄貴妃は面白くなげに鼻を鳴らす。なにかとあれば、皇帝の名を出す凜に腹を立てているのだ。自分の方が皇帝に近いと言われているような気がするのだろう。

「妃嬪たちの不満は高まるばかり。皇嗣を産むことこそ妾《わらわ》たちの本分ですのに、その体を作る米を食せないのはいかがなものか」

「皇上すら麦を召し上がっていらっしゃるのです。贅沢はできません」

「皇上、皇上。まったくそれ以外にものを言えないのか」

「…………」

「今夜の夕食に白米を出さねば、妾がそなたの怠慢を罰します」

凜はお辞儀をして去ろうとした。会話していてもまったく意味がない。皇帝すら麦なのになぜ彼女たちに豪華な食事を用意しなければならないのか。

──馬鹿げてる。

しかし、その態度が気に食わなかったのだろう。

薄貴妃が凜の袖《そで》を摑《つか》んで強引に自分の方を向かせた。

「無礼じゃ！」

凜は怒声にもひるまず、袖をひっぱり返して薄貴妃を睨《にら》んだ。他の妃嬪たちのはっと息を呑《の》んだ音が聞こえたが、そんなことはかまわない。台州では道端で死にゆく人々を目の当たりにしてきたばかりだ。「おかあさぁん、おかあさぁん」と死んだ母親にすがりついて離さない幼い子はまだ目に焼き付いている。

――麦に飽きたですって！

凜の怒りは頂点に達していた。

「申し訳ありませんが、今日も明日《あした》も麦か粟《あわ》です。ご了承ください」

「な、なんと申した！」

「国が苦しく、民が食べられずにいるときに、贅沢ばかり。傲慢《ごうまん》すぎるのではありませんか！」

きっぱりと凜は言った。

薄貴妃は寵愛《ちょうあい》を失いつつあるという噂は本当だと凜は思った。あの調子では質素倹約、美術と文学を愛する皇帝と上手《うま》くやっていけそうにない。芙蓉殿は紫の帳《とばり》でコーディネートされており、愛猫の器さえ高価な青磁である。薄貴妃は蝶《ちょう》のモチーフが大好きで、金の髪飾りをこれでもかと頭に挿している。必死になって後宮での自分の威厳を保とうとしているのが丸わかりだ。

――付き合いきれない。

凜は呆《あき》れかえり、また腹も立った。今夜までに後宮に行き渡るだけの米を用意するなど不可能だ。そんなことができるなら、そもそも皇帝に麦など食べさせない。

しかし——。

出ていこうとした凜を薄貴妃の声が追う。

「連れ戻しなさい！」

凜は二人の女官に両腕を摑まれて、薄貴妃の前に立たされるとふくらはぎを蹴《け》られて無理やり跪《ひざまず》かされた。凜が睨むと、相手は不敵な目で見返した。さも楽しそうに——。

「妾に無礼を働いた罰として平手打ち二十回せよ。ちょろちょろと鼠のように動き回り、人の歓心を買おうとするのは滑稽《こっけい》ですわ！」

——は？

平手打ち二十回？　あり得ない。

しかし、古参の女官が現れて凜を押さえつけ、容赦なく頰を叩《たた》くではないか。パンと弾《はじ》ける音がして痛みがじぃんと広がる。それが両頰に二回、三回と続き、ご丁寧にも若い宮人が間延びした声で数える。

「十はぁち、十きゅぅう、二十ぅう」

二十回叩かれた時にはもう痛みはなかった。屈辱のみが残って、抵抗できないことに悔し涙が出てきた。

「今夜の食事を楽しみにしておるぞぇ」

薄貴妃は、痛みに耐える凜を残して、高笑いをしながら妃嬪たちを連れて出て行った。

凜は床に倒れて動くことさえできなかった。

――悔しい……悔しすぎる……。

「お嬢さま！」

よろよろと立ち上がろうとした時、小葉が凜に駆け寄ってきた。騒ぎを聞きつけたのだろうか。

「だ、大丈夫ですか……」

「大丈夫よ……」

顔は容赦なく叩かれ真っ赤に腫《は》れている。小葉が冷たい手でそっと頬を包んでくれるのが気持ちいい。

「香華宮に来て、こんなこと初めて」

後苑で肥撒《ま》きをさせられたときの屈辱など比べようもない。妃嬪たちの耳障りな冷嘲が今も残っている。口惜しくてならない。

「薄貴妃さまは気性が荒いことで有名なのです。気をつけなければ……」

小葉は凜が気をつけるべきだったと言うが、凜は、自分はなにも悪くないと思った。でもそれを小葉に言う元気はなかった。

なんとか立ち上がって歩き出すと、後宮と内廷を結ぶ禁門の前に子陣が立っていて、凜の顔を見るなり絶句した。

「り、凜!?　その顔はなんだ！」

「見ての通りよ……」

頰を手巾《ハンカチ》で押さえて不機嫌に言うと、子陣はすぐさま小葉に氷を持ってくるように命じた。そしてよろよろとしている凜の腕を取った。

「そんな顔では嫁の行き先はないぞ。顔だけが凜の取り柄だったのに」

なるべく軽口を叩いて気を紛らわそうとしてくれているのだろうが、正直、凜はそれに乗る元気はない。

「もうどうにでもなれよ。玲樹さまと結婚するからいい」

「出世欲の塊の徐玲樹だって顔がそんなでは百年の出世欲も失《う》せるだろうよ」

凜は子陣の足を蹴った。

「で？　誰にやられたんだ」

「薄貴妃とその取り巻きよ。楽しそうに大笑いしていた」

「くそっ！　覚えておけよ！　薄氏め！　皇上にすぐに報告する！」

「やめて……ただの告げ口だと思われるだけよ」

「だが……」

凜は意気消沈して、頰を押さえた。薄貴妃への怒りとともに、無力さもつのる。もっと言ってやるべきだったし、抵抗もできたはずだ。それなのに、されるがままだったのが、歯がゆい。

「薄貴妃は傲慢よ。この食糧難に米を食べさせろなんて言うんだもの。皇上はできるだけ民にと我慢していらっしゃるのに。でも──わたしも不自由なく暮らしている。民に申し訳ない。叩かれたのはきっと天罰。もっと民に寄り添うようにしないと」

「凜……」

今回のことはだれにも知られないようにしようと思った。それなのに──。皇帝がろくに食事もしないと聞いて心配してやってきた成王と福寧殿近くで運悪く出会ってしまったのだ。

「凜やぁぁぁあああ」

子煩悩で情の厚い成王は、人がいるのもかえりみず、わんわんと泣きだした。周囲は何ごとかと振り返り、凜の姿に驚く。当然、福寧殿の顔見知りの内監が皇帝に報告しに走って行った。これで香華宮中に凜の顔が腫れ上がっていることが知られてしまった。

凜は今夜の夕食などどうでもよくなって居所である小琴楼に戻った。両頬に氷を当てて自分の顔を見れば、おたふく風邪以来のまん丸のお月様のようになっている。

「凜やぁ、薬を飲むがいい」

真っ黒で何が入っているか分からない異臭漂う液体を「薬」だと成王が出してくれる。匙《さじ》で掬《すく》いながらふうふう冷まし、口にまで持って来てくれるので嫌とは言えなかった。

こういうのは味わって飲むより、鼻をつまんで一気飲みの方がいい。凜は碗《わん》を摑むとごくごくと喉《のど》を鳴らして飲み干した。

「ほれ、蜂蜜《はちみつ》じゃ」

お口直しの蜂蜜を口に入れてほっとする。そして落ち着いてくると、やはり今夜の夕食のことが気になった。そもそも凜の仕事は米蔵番なので、献立を考えることは本来の仕事ではないが、米なしのメニューに香華宮中が不満たらたらなので、知らん顔はできない。

「心配するな。薄貴妃には大根葉でも食わせておけばいい」

子陣が言う。

「今日はなにも考えずに寝ろ。父上が皇上に掛け合ってくださる」

「でも――」

布団が胸まで掛けられ、子陣がぽんぽんとあやすように叩いてくれた。その時だった。

遠慮がちな声が戸の向こうからして小葉が開けると、孔都知だった。

「どうされましたか」

小葉が訊《たず》ねると、腰を低くして孔都知は答えた。

「皇上のご命令で軟膏《なんこう》をお持ちしました。薄貴妃には謹慎を命じたとのことです」

「本当ですか」

凜は皇帝の気遣いをありがたく思った。子陣が孔都知の方を向いた。

「皇上にくれぐれもお礼を伝えてくれ」

「あと……少なくて恐縮ではございますが、我が家にある米を持って来させましたので、よろしければ今夜、お使いください。お困りかと存じまして――」

凛はがばりと起き上がったが、寝衣であるので成王に寝ているようにと促される。子陣が彼女の代わりに礼を言った。

「すまないな、孔炎」

「国難に多少でも役に立てばと思ったまでのことでございます」

「そなたの忠義は忘れない」

子陣が感謝を述べ、孔都知は丁寧に拝手してから部屋を出ていった。もらった米でしばらくはしのげそうだと凛はほっとし、同時にこの国の階級格差に失望して自己嫌悪にも陥った。なにしろ自分も特権階級の一人で、皇帝の義理の姪《めい》という特別な身分のおかげで、威張ることもできるし、不当な扱いを受ければ抗議の声を上げることもできる。

しかし、多くの民は違う。公田法などというよくわからない法律のせいで、土地を奪われ食べていけなくなった民たちは、一体誰に怒りをぶつければいいのか。

――この世界を変えたい。

でも、日本ですら四民平等、普通選挙制度、女性参政権、ジェンダー平等など、あらゆる不平等は長い歴史の中で少しずつ変わっていったのだ。一体、一人でなにができるだろうか。

――でも……わたしにできることはきっとあるはず。まずはこの食糧難をなんとかしないと……。

9

凛を殴ったことで、皇帝が薄貴妃を咎《とが》めた三日後。

「た、大変です！」

凛が休む寝台に小葉が走って来た。「凛さま、香華宮では走らず、焦らず、大きな声を出さずですわ」が口癖の彼女らしくない。

「どうしたの？」

凛は紫に変色した頬を撫《な》でながら訊ねた。

「尚衣《しょうい》局の言女官が何者かに階段から突き落とされたそうです！」

「えええ!?」

凛はすすっていた薬を思わず落としそうになった。

「それだけではありません。後苑の杏衣女官が、足を滑らせて池に落ちそうになったと……」

「怪我は!?」

「言女官は足をくじいたようですが、杏衣は無事です」

凛はいてもたってもいられず立ち上がった。二人とも凛の親友だ。小葉はそれだけではないと凛を落ち着かせる。

「徳妃《とくひ》付きの馬《ま》内監が、寝ている間に濡《ぬ》れた薄紙を何者かに顔に貼り付けられたのですわ。幸運にも、同室の者が物音に気づき、不審に思って灯《あか》りをつけたので助けられたらしいのですが、一歩間違えていたら呼吸ができずに死んでいたでしょう」

凜は驚き、目を見開いた。

「でも、なんで馬内監が狙われたの？　親しいと言っても一緒に働いたことはないじゃない」

「どうやら馬内監は、先日凜さまが叩《たた》かれていることを郡王殿下に告げに走ったのでその仕返しをされたようです」

「薄貴妃の仕業ね！」

それ以外、考えられない。陰湿な手を使ってくる。

「人の命をなんだと思っているの！」

凜はすぐに太医を三人に派遣するように小葉に頼んだ。通常、高位の太医は宮人女官、内監を看《み》ないのだが、子陣の名前を出せば、来てもらえるはずだ。そんなことを考えていた時、薄貴妃から何かが届いた。どうやら軟膏らしい。

「薄貴妃さまは、先日のことは月のもののせいで気が荒ぶっていただけなので、お気になさらずとのことでございます」

なにが「月のもののせい」だ。凜は憮然《ぶぜん》とした。薄貴妃とは和解する気などさらさらない。無言で使いを帰す。しかも凜を診察しに来た太医が軟膏の中身を確認すると、案の定、顔の腫《は》れをひどくさせる成分が入っている危険な代物だった。

「そういう女なのよ、薄貴妃って人は！」

凜は腹を立てた。

前々から新しい螺鈿《らでん》の調度一式を買っただの、水晶の玉簾《たますだれ》を部屋に吊《つる》しただの、尚衣局の腕のいい職人をすべて集めて自分の正月の晴れ着を縫わせているだのと、薄貴妃の浪費ぶりは知っていた。思い出して腹立たしさがより増す。

「それにしても、この物価高の中でなぜ薄貴妃には、それほどお金があるのでございましょうか」

小葉が顔を洗う盥《たらい》を片付けながら何気なく言った。

凜は思わず考えこんだ。

「確かにその通りね……物価高になってから、他の妃嬪《ひひん》たちは出費を抑えているようなのに」

「食事や炭などのような公から支給されているものはいいとして、装飾品や、宮人女官に対する小遣い、心付け、趣向品はお手当から出さなければなりません。公から出るお手当の額は変わらないのに物価は上がっているので、それらをまかなうだけで大変でしょうに」

それなのに、薄貴妃は部屋の模様替えをしたり、美しい玉の帯飾りを買ったりと贅沢《ぜいたく》な噂は絶えない。

「怪しいわね……」

「はい」

凛は調べてみようと思った。早速、子陣に手紙を書こうと筆を執る。ところが――。

こつんと音がしたかと思うと開いた窓から石が落ちてきた。紙が巻き付けられている。

凛は首を傾げてそれを広げる。汚い字、おそらく利き手とは逆の手で書いたと思われる字で『今まではお遊び。これからは本気で殺《や》るぞ。次はお前付きの女官に気をつけるように言え』。

凛は手が震えた。

脅迫文だ。

次のターゲットは小葉……。

あってはならないことだ。

「お嬢さま？」

小葉は蒼白《そうはく》な凛の顔を覗《のぞ》き込む。

「どうされたのですか――」

凛は小葉を見た。

「次はあなただって……小葉……どうしよう……」

小葉は凛から紙を奪い取って中を見た。彼女の顔色もみるみる悪くなる。凛は息が苦しくなった。親友である彼女になにかがあったらどうしよう。凛は全身を震わせた。

「心配ありませんわ。郡王殿下をお呼びしてきます」

「待って！　他の子にお使いを頼みましょう。言女官も杏衣もきっと何者かにやられたのよ。向こうの狙いはわたしと親しい人たちなんだ」

「そうですね……」

「こんなことになるなんて」

薄貴妃に喧嘩《けんか》を売ったのは確かに短慮だった。あちらは後宮に巣くって十年の蛇のような存在で、とぐろを巻いて獲物を待っていた。それにひっかかったのは凜の過ちだ。

「これからどうしたら――」

凜が香華宮にいるかぎり、執拗《しつよう》に薄貴妃は狙ってくるだろう。一度嫌われると一生狙われるのは後宮にままあることだ。だから、宮人女官たちは妃嬪に嫌われないようにするし、今は身分が低くても、将来寵愛《ちょうあい》を受けそうな身分低き女人にも親切で丁寧だ。

ただ、こうもあからさまな物理的圧力をかけられると、強気の凜でも正直戸惑う。自分はまだいいが、仲のよい友達になにかあったらと思うと怖気《おじけ》づいてしまう。

「郡王殿下は重臣と面会中でございました」

使いから戻って来た宮人は気が利かず、伝言を秦影に残しもしなかった。小葉が立ち上がる。

「公主さまにご相談してみましょう。なにかいい案があるかもしれません」

「待って、その前に皆の見舞いに行きましょう。様子を見ないと！」

「そうですね。そういたしましょう」

凜は、羅の布でフェイスベールを作り、腫れた顔を覆うと、靴を引っかけて部屋を出た。まずは一番、危険な目にあった馬内監だ。濡れた紙を顔に被《かぶ》せられるなど、殺人未遂だ。尋常な話ではない。禁門を抜けて彼が仕える徳妃の居所を目指す。

ところが途中、今、一番会いたくない相手——薄貴妃にばったりと遭ってしまった。

身分が下の凜は、腰に手を当てて膝《ひざ》を曲げ、お辞儀したが、薄貴妃は「立て」と言わない。無理な体勢でずっといなければならず、凜は耐えきれずにぐらりと揺れてしまう。

それを薄貴妃は冷笑し、凜の顔を覆うベールを宮人に奪わせた。

「ずいぶんひどい顔だこと。紫色に腫れているではありませんか」

——だれのせいよ、だれの！

「妾《わらわ》ならそんな顔ではとても外には出られませんわ」

ふふふと嬉《うれ》しげにほくそ笑み、後ろに控える取り巻き妃嬪に同意を求める。彼女たちも手巾《ハンカチ》で口元を押さえてくすくすと笑う。空笑いも含まれていたけれど、だれも凜を庇《かば》おうとはしなかった。だから彼女は負けじと言った。

「皇上より謹慎を命じられたと聞きましたが、お元気そうでなによりです、貴妃さま」

薄貴妃は美しく曲線に描いた眉《まゆ》を寄せた。

「謹慎は解けましてよ？　もともと大したことではありません。無礼な女官を指導しただけですから」

──この女、裏でどんな手を使ったのよ！

凜は堪忍袋の緒が切れかかったが、口角は上げたままだった。処世術を覚えるのもこの香華宮で大切なことだと今回のことでよく理解した。

「そなたも香華宮などにおらず、さっさと結婚でもすればよいものを。なにを狙ってここにとどまろうとしているのやら。つまらぬ欲を掻《か》くと代償は大きなものになるぞよ」

薄貴妃がなにを言わんとしているか、混乱していた凜にはよく分からなかったが、つまりはここから出ていけという意味だろう。答えるのも面倒になってしまった凜は、そのままぺこりと一度頭を下げると、無礼を承知で背を向けた。いくら薄貴妃でも今日も平手打ちをすることはできまい。

「お嬢さま……」

しばらくすると、小葉が心配げに凜の背を撫《な》でた。

「大丈夫よ、あれくらい。心配いらない」

凜は天文の異常事件に関係しているのではと薄貴妃をさらに疑い始めた。執拗に凜を敵視する様子は食事だけの問題とは思えない。

──薄貴妃の周辺を調査する必要がありそうね。

凜は、離れていく薄貴妃たちの背を振り返った。凜をやり込めて機嫌がいいらしく、取り巻きたちと談笑しながら後苑の山茶花《サザンカ》が咲く築山《つきやま》へと歩いていった。

凜への嫌がらせのためにこれからも友人たちへの危害は止まないかもしれない。命すら平気で狙ってくる相手にどうやって凜は対抗していけばいいのか。

――わたしはここにいていいの？

薄貴妃の言う通り、香華宮を出るべきなのではないかと凜は悩んだ。皆を守るため、去るべきではないか。しかし、同時に香華宮にいるはずの食糧難の黒幕も暴かなければならなかった。臆病《おくびょう》な心と正義感、責任感、迷いが羹《スープ》の中でぐつぐつと煮立っているようだった。逸《はや》る気持ちが決断を迫り、燃えさかる強い意志が焚《た》きつける。

――わたしはここにいていいの？

山茶花が花弁を落として地を赤く染めていた。凜はそれを見下ろし、同じ問いを再び自分に向けた。

第三章

香華宮の闇

1

「お嬢さま……」

荷物をまとめだした凜に、小葉が驚きの声を上げた。

「どうしたのですか、荷物など詰めて！」

大切な宝石類、手紙、日常に着る衣と靴などを風呂敷《ふろしき》の中に入れる。小葉がその手を止めた。

「どうして……もしかして、香華宮を出ていこうとされているのですか……」

凜は涙目で小葉を見上げる。

「あなたになにかがあったらわたしはどうしたらいい？」

「…………」

「他の友だちになにかがあったらわたしはどうしたらいい？」

自分がここにいないことこそ、友を守る一番の術《すべ》なのだ。薄貴妃が今後もし皇后になれば、香華宮どころか杭州にさえ凛の居場所がなくなるかもしれない。そうなれば皆に迷惑がかかる。

「凛司膳！」

聞き慣れた、しかし懐かしい声がした。小琴楼の戸の外にいたのは、足を悪くしている言女官と杏衣、馬内監の他、凛と親しい宮人女官、内監だ。彼らは部屋に入ってきて、半べそを掻いている凛の周りを囲った。

「行かないでください。いつもの強気はどうされたのですか」

「でも……薄貴妃は執拗よ。わたしが一番傷つく方法をよく分かっている。怖いの……」

皆が凛の手を取り、言女官が口を開いた。

「だれも薄貴妃など恐れていません。凛司膳は私たちを友と呼んでくれる。私たちは、そのおかげで、この狭く苦しい香華宮で自分の存在意義を見出《みいだ》せたのです。行かないでください。つまらない権力に屈して欲しくはありません」

杏衣がうんうんと首を上下に振って続ける。

「それに簡単に諦《あきら》めるなんて凛司膳らしくありませんわ」

馬内監も頷《うなず》いた。

――わたしらしくない？

わたしらしさとはなんだろうかと凛は思う。転生して一年、なにも考えずに向こう見ずに突っ走ってきただけだ。すこしばかり現代の正義を振りかざし、間違っていることを間違っていると言い、不合理なこの世界を変えたいと思った。でも、今の自分は——。

凜は一瞬でも自分を見失ったことを恥じた。友が危ない目に遭うなら、自分が守ればいい。どうしてそう考えなかったのか。

「ありがとう……みんな……」

凜は皆の肩を抱いて、涙を人差し指で拭《ぬぐ》った。

「じゃ、決まりだな」

見れば、子陣が柱にもたれて様子を見物していた。皆が慌てて一斉に「郡王殿下に拝謁いたします」と挨拶《あいさつ》したが、子陣はにこやかに手を振って全員を部屋から出した。凜は泣き顔が恥ずかしくて顔をうつむけたが、子陣はその顎《あご》を指でくいっと上げて自分の方に向けた。

「父上も心配していた。凜が薄貴妃に屈するのではないかと」

「……うん……」

「気になって来てみれば案の定だ」

「うん……」

凜は長い睫毛《まつげ》を伏せた。

「だが、凜。それは悪くはないぞ」

よくわからない言葉に凜は目を上げた。子陣はなにか企《たくら》んでいる顔をしている。凜は首を傾げ、彼の次の言葉を待つ。

「どういうこと？」

「香華宮を出るいい理由になるということだ」

「？」

子陣は凜の机に行儀悪く座る。筆を弄《もてあそ》び、長い脚を組んで含みのある笑みを更に浮かべた。

「よくわからないんだけど？」

「妹妹《メイメイ》が言ったではないか。翰林天文院は怪しいと。香華宮の外に出れば、なにか摑《つか》めるかもしれない」

――なるほど！

多くの官署は香華宮の外にある。翰林天文院の役所も香華宮外にあるので、本格的に調べるならばここを出る必要があった。

――今、わたしにできることはなに？

先ほどまでうだうだ悩んで泣いていたことも忘れて、凜は頭をフル回転させた。この天文事件の発端はなんだったか――。凜ははっと顔を上げた。

「わたしたちが見つけた天文官――たしか張賛とかいう人の死について調べてみない？あれなら皇城司の担当の事件でしょ？」

「いい視点だ、凜。荷物を担いで、意気消沈した顔で香華宮を出ろ。薄貴妃を騙《だま》してやれ」

「うん！」

薄貴妃やその取り巻きのために必死に米集めに奔走する気にはもうなれない。

凜は荷物を簡単にまとめると、顔を濡《ぬ》らして泣いているふりをしながら和寧門に向かった。薄貴妃付きの内監が後からついて来てその様子を観察していたが、凜も子陣も気づかないふりをする。しかし門を出た途端、凜はふと気づいた。

「香華宮を出ることを皇上に申し上げなくてよかったかな？　お米を地方に送れるように節約を命じられていたのに」

「小葉も尚食局の女官だから、皇上に配膳《はいぜん》する機会はある。代わって報告するように言いつけた。いずれにせよ、香華宮の米を節約して地方に送ることはもう限界だった」

「よかった……ありがとう」

「とりあえず、死体を発見した水路に行ってみよう」

「ええ」

凜は皇城司の武官に荷物を預けると、張賛の水死体を見つけた日と同じように狭い路地を歩いた。夜とは違って人通りはそれなりに多く、水路もあの夜のように底なしの暗い場所には見えない。透き通る水が流れ、底に藻が生えていた。

「たいして深くなさそうだけど？」

銭の巾着《きんちゃく》が水路の底にあるのが見えても不思議ではない。しかし、子陣は首を振る。

「一応、底はさらったが、なにも出てこなかった」

「犯人はやっぱり物取りだったのかな……」

「さあな。誰かが拾ったのかもしれない」

凜にはどうしても物取りの仕業ではない気がした。天文院の下級役人だ。講史《こうだん》を聞きに行くのに少々小銭を持っていただけではなかっただろうか。それに講史を聞きながら一杯二杯、酒を飲むのにはそれほどかからない。会子《かいし》という紙幣の類《たぐ》いを持ち歩く必要もない。小銭のために人を殺すだろうか――。

凜が柳の木の下で考えていた時だ。十二を超えたくらいの少年が通り過ぎたかと思うと凜の袖《そで》の中にあった金が入った巾着を掏《す》った。声を上げる間もないほどの一瞬の出来事だ。

だが、子陣はそれに気づいた。すぐさま追いかけ、ぐいっと衣を引っ張って盗《ぬす》っ人《と》を捕まえると、腕を捻《ひね》り上げて地面に顔を押しつける。

「皇城司の前で盗みを働こうなど百年早い！」

私服の武官たちが子供を取り押さえ、凜の巾着を返してくれた。どうやら引っ捕らえて牢《ろう》にぶち込む気らしい。凜は慌てる。

「やめて、まだ子供じゃない」

子陣が不機嫌に言う。

「こういう奴は一度、牢に入って反省しないと更生しないんだ」

だが、凜にそんな言葉は届かない。座り込んでいる少年に近づき、寒々しい衣の土を払ってやる。

「名前はなんて言うの？」

「……冬三《とうさん》」

「冬三……わたしは凜。いつもここで掏摸《すり》をしているの？」

「……あ、ああ……」

子陣曰《いわ》く、掏摸には縄張りがあるらしい。ここで掏摸をしているのなら、あの夜もこの辺りで仕事をしていた可能性がある。掏摸はよく人を観察し、ターゲットがどんな人間でいくらほど金を持っているか、目星をつけているはずだ。もしかするとこの子が、なにか手がかりを知っているかもしれない。

「冬三、実は聞きたいことがあるの……」

凜はできるだけ優しい声を出した。警戒させてはならない。

「実は、そこの水路で亡くなった人の巾着を捜しているのだけど――」

「知らねぇよ！」

冬三は反抗的な目を向ける。細い体つきはろくに食べていないことを示しているし、目がくぼんでいる。乾いた唇に梳《と》かしたこともなさそうな髪。風呂《ふろ》にも入ったことがないだろう。異臭がする。

「冬三。わたしたちは、あなたを捕まえに来たんじゃない。死んだ人のことを調べているだけなの」

「知らねぇよ！」

冬三はそっぽを向いた。

「もし教えてくれたら饅頭《マントウ》をご馳走《ちそう》してあげる」

彼の目が凜の方を向いた。露店から肉入りの饅頭のいい匂いがしていた。だが、子陣がぎろりと睨《にら》む。

「だがな、またなにも知らないなどと寝ぼけたことを言ったら、俺と皇城司の役所に行くからな」

余計なことを言う子陣を凜は睨んだが、彼はどうやら本気らしい。部下に縄まで用意させている。冬三は、皇城司の役所に行けば、拷問が待っているのを知っているから観念したようだ。

「俺が拾った。中身はぜんぶ使った」

しかし、巾着自体は懐に持っていた。絹なのでほとぼりが冷めたころに売ろうと思っていたらしい。

「いつ拾ったんだ」

「…………」

「いつ拾った！」

子陣の声がきつくなる。冬三は怯《おび》え、凜の後ろに隠れながら答えた。

「あの貴族のおっさんが殺された夜だよ」

「殺されるのを見たのか」

こくりと冬三は頷《うなず》いた。

「犯人を見たか」

冬三は首を横に振る。

「黒い衣を着ていて灯《あか》りもないから見えなかった」

新たな手がかりがなく、凜も子陣もがっかりする。だが、張賛を殺したのが物取りではなかったことは確定した。それだけでも一歩進んだ。ところが、冬三はさらに思いがけないことを言った。

「死んだおっさんが最期に言った言葉なら聞いた」

「え!?」

「なんだと!」

凜と子陣は同時に叫ぶ。

少年は口まねをして見せた。

「お、お前は――」

ごくりと子陣と凜は唾《つば》を飲む。

「衛星《えいせい》だろう!」

あまりのことに言葉がでなかった。

「衛星ってだれ？」

「張天文官の周辺を探ろう。親戚《しんせき》、友人すべてだ！」

「そうね……きっと顔見知りね……」

「冬三。証言には立ち合ってもらうぞ」

「あ、ああ」

掏摸の子供は、子陣の威圧的な言葉に嫌とはもう言えなかった。

2

翌日、犯人について進展があったと聞いた凜が、子陣に会いに皇城司の役所に行くと、

「凜」と爽《さわ》やかな声に呼ばれた。

振り返ると黒い披風《マント》のフードを被《かぶ》った怪しい男が真後ろにいた。驚いて仰《の》け反り、子陣の後ろに隠れようとすると相手がフードを傾け唇の端を上げた。

「私ですよ、凜」

そこにいたのはまさかの徐玲樹だった。相変わらず美麗な人で、フードを被っていなければ注目の的になるだろう整った顔に、少し痩《や》せた面《おもて》が色気を増している。子陣が気に入らなそうな顔で言う。

「杭州を追放になった身でよく顔を出せたな」

「皇上から密命をいただきましてね。私を杭州に戻して欲しいと凜が頼んでくれたそうで――」

彼は長い袖から手を差し伸べ、凜の腫《は》れた頬に触れた。

「だれにやられたのですか」

厳しい徐玲樹の声音に、この件に憤慨している子陣が、彼女の代わりに答えた。

「薄貴妃だ。白米が食べたいんだとさ！　民が苦しんでいる時に、まったくあきれかえる！」

それを聞いた徐玲樹は凜の頰から両手を離すと懐から小さな帳面を取り出した。

「薄貴妃」

そして、名前を達筆な字で書き入れた。凜が帳面を覗《のぞ》くと何人かの名前が書いてあり、いくつかまっすぐに線で消されているものもあった。

凜は小首を傾げる。

「玲樹さま、なんで薄貴妃の名前を書くのですか」

徐玲樹はずらりと名前が並んだ帳面を懐にしまい直すと、大したことのなさそうな口ぶりになる。

「私はどうも人の名前を忘れがちなので、書いておくのです。あとでゆっくりと確認できるようにね」

菩薩《ぼさつ》の微笑のような穏やかな口元は、慈悲深そうであったが、凜は身震いをした。

――やばい、絶対、あれ、復讐帳《ふくしゅう》だ。

子陣も気づいたらしく口笛を不自然に吹きながら、凜の頭を徐玲樹から自分の方に片手で回転させた。徐玲樹は気にもとめず、横の店を見上げる。

「茶館です。入りませんか――歩き通しで少し喉《のど》が渇きました」

入口に「茶館」と扁額《へんがく》が掛けられている。ちょうど凜もくたくたで、喉も渇いていた。子陣になにか言われる前に、徐玲樹の後に続く。

――茶館って初めて来た。現代日本の喫茶店とは少し違うのね……。

松の前栽《せんざい》のある茶館の中は清閑としていた。禅寺のような静寂と言っていいか。他の客の話し声は聞こえず、ＢＧＭの琴の音色が繊細で心を和ませる。

「奥の部屋にどうぞ」

身分を語らずとも、子陣は目立つ。

やんごとなき身であることはすぐに気づかれ、平屋の中庭が見える一番いい部屋に通された。赤や緑の欄干、優雅な調度。部屋に入れば、すでに香が焚《た》かれ、客をもてなす準備はできていた。

「こちらで淹《い》れるから下がっていろ」

接客の係はその場から退散する。どうやら客の多くが自分で茶を淹れるらしい。茶の善し悪しを当てたり、茶の淹れ方を競ったりする闘茶なるものが盛んで、茶の嗜《たしな》みは、この世界の風流人にとって基本のようだ。飾られていた盛花や書画も一流の画家や書家によるもののようだった。

「私がお淹れしましょう」

風流人筆頭の徐玲樹が当然とばかりに茶を淹れ始めたが、実父の茶に毒を入れた人に任せるのは少し勇気がいることだった。

「どうぞ」

子陣が心底警戒した目になる。

「ご心配なく、殿下の茶『には』なにも入っていません」

――殿下の茶「には」？　わたしの茶には？

どきりとして茶器を持った手を凜が一瞬止めると、徐玲樹が涼しげに莞爾《にこり》とする。

「凜の茶には私の真心を入れてあります」

――相変わらずだなぁ……。

こんなくさい台詞《せりふ》を言っても様になるのは徐玲樹だけだろう。凜は聞かなかったことにして黙々と茶を飲んだ。テーブルには山茶花《サザンカ》の花が飾られ、漆の茶托《ちゃたく》、絹の衝立《ついた》て、どれも一級品でかなり高級な店なのが分かる。贅沢《ぜいたく》は控えねばいけないときだが、密談にはちょうどいい場所だ。

「それで、郡王殿下。なにか分かったことはありますか」

徐玲樹が茶の匂いを楽しみながら訊《たず》ねた。

「殺された張天文官が最期に言った『衛星』という名前の者が翰林天文院にいることが

判明した」

「同僚だったの？」

凜が身を乗り出す。

「ああ……だがその夜、そいつと一緒だったという別の同僚がいる。犯人だと特定できていない」

怪しいが、アリバイがある限り、牢《ろう》に入れることは難しい。しかし、凜は思い出す。

殺された張天文官の家族が言ったではないか。

「同僚と口論したようです。主人は頑固な人でしたから、人と口論することはしばしばありましたが、今回は本当に心の底から怒っている様子でした」と。

張天文官と、同僚の衛星という男――二人の間でなにかあったとしか考えられない。

子陣が徐玲樹に訊ねる。

「お前の方はどうだ」

「例の矢で射られた朱県令ですが――」

徐玲樹はもったいぶって言葉を切る。短気な子陣が体を左右に揺すぶって早くしろと急《せ》かした。

「息を吹き返しました」

「本当か！」

「はい。しかし、黒幕がだれかは知りませんでした」

「なんだと⁉　吐かなかったのか！」

徐玲樹は髪の乱れを直しながら、曰《いわ》くありげに艶笑《えんしょう》する。

「もちろん。ありとあらゆる訊ね方をしましたよ」

──『ありとあらゆる』ってどんなことだろう……。

凛はいろいろな拷問法を思いついたが、すぐに打ち消して、続きを言いたそうな徐玲樹に話しかける。

「で、どうなったんですか」

「それが、どうやら仲介役に香華宮の胥吏《しょり》を使っていたようです」

「胥吏ってなに？」

凛の問いに子陣が答える。

「胥吏は科挙《かきょ》を経ずに、香華宮で働いている下級官吏のことだ。庶務を担う。言ってみれば、悠人も胥吏の一人だ」

「へぇ」

子陣は腕を組む。

「それにしても……胥吏か……だれの下で働いていたのかも分からないのか？」

徐玲樹が頭を横に振った。

「少なくともかなりの権力者に仕えているようです。胥吏のくせに、朱県令の前でまるで自分が貴族か王侯かのように振る舞っていたそうですから」

子陣はうなだれる。

凜も朱県令の証言に期待していた分、万策尽きた感があった。

ただ、徐玲樹だけが茶を優雅に味わっていた。凜は臂《ひじ》を卓についたまま彼を見た。

「玲樹さま、いい策はありませんか。このままでは黒幕を突き止めることができません
……そうなれば米の値上がりは止まらず、民がいよいよ困ってしまいます」

彼は茶器を置き、乱れた袖《そで》を直しながら居住まいを正した。

「凜、嘘には嘘で対抗するしかありませんよ」

「嘘？」

「そう、嘘です。香華宮で貯《たくわ》えている兵糧を民のために放出するという嘘を流すのです。

そうすれば、米の供給量が増え、米の値下がりが起こると思った黒幕は売りに回らざるを得ません」

徐玲樹の目に企《たくら》みの光が宿った。

3

凜は皇帝と連絡を取るため香華宮へ向かった。荷物を取りに来たというのが表向きだったが、香華宮を出る際になんの挨拶《あいさつ》も報告もしていなかったことも理由だった。小葉に伝言を頼んだとはいえ、黙って香華宮を出てきてしまったのはやはりまずい。

　皇帝は深緑の普段着のままインコとともに部屋でくつろいでいた。書物を読んでいる風であるが上の空なのは見て分かる。しかし、凜が現れると長椅子に寄りかかっていた体を起こした。

「凜か。何用じゃ？」

　凜は殺された天文官が最期に口にした言葉が同僚の名前であったこと、口封じされかけた県令は香華宮の胥吏の仲介で不正を行っていたことなど、これまでに判明したことをすべて報告した。

「うむ……やはり黒幕はこの香華宮に巣くっているのか……」

「おそらく。そして先ほど、密命により杭州に戻ってきた玲樹さまと会いました」

「帰ってきたか……早かったな」

　やはり息子のことを心配していたのだろう。皇帝の肩の力が抜けたのがわかった。

「お元気そうです。それで……玲樹さまに提案していただいたのですが……嘘には嘘で対抗したらどうかと……」

「嘘には嘘で？」

　皇帝は耳を傾けた。

「玲樹さまがおっしゃるには、兵糧として貯蓄されている米を市場に放出するという嘘をばらまけば、黒幕は市場に大量の米が出回り、値が下がることを懸念し、損をする前に米を売るのではないか、その時に尻尾《しっぽ》を出す可能性があるのではないか、とのことでございます」

「なるほどな」

話を聞いた皇帝は徐玲樹の企みに感心しつつも、まったく相変わらずだと呆《あき》れたような反応だった。だが、いい策であるのは間違いない。米を一粒も使うことなく、噂一つで物価が本当に下がるのならやってみる価値はある。つまりフェイクニュースにフェイクニュースで対抗するというわけだ。

皇帝は本を閉じ、相手のいない碁盤に石を置いた。

「それで、どうやってその噂を広めるつもりか」

「それは――成王殿下がこちらに会いに来たときにその話をし、『たまたま』話を聞いてしまった女官が広める手はずです」

「孔炎ではなく？」

信頼が厚い孔都知の名前が出たが、凜は彼を巻き込みたくなかった。いい人であるし、地位も立場もある。なにかあった時に宮人女官なら庇《かば》ってやることができるが、都知の地位にある孔炎が正式な罰を公から受けることが決まれば、助けてやれない。

「それでだれを使うのだ？」

「それがあの……徐玲樹さまと親しい女官です……」

凜は名前を言いたくなかった。福寧殿に未《いま》だに徐玲樹の手足となっている者がいるとなれば、皇帝は不快に思うだろう。案の定、皇帝は深い深いため息をついた。

「あれの頭の良さは本当に憎らしいくらいだ。違うことに使えば、もう少しましな人間になれるものを……」

とはいえ、皇帝は徐玲樹を本当に憎んでいるわけではない。密命という名目で杭州に呼び戻したほど信頼している。呆れて見せたのは凜の手前だろう。

「皇上、玲樹さまは変わられました。以前の自分を恥じ、民を思っておられます。次にお会いになるときはきっと皇上も驚かれますわ」

「それならいいのだがな」

皇帝は、本当は嬉《うれ》しいのを隠して茶を飲むふりをする。凜は拝手した。長居は良くない。福寧殿に仕える者たちに不審がられる。皇帝も頷《うなず》いた。

「では凜、調査を続けよ」

「御意。混乱に乗じて明日には香華宮を出るつもりです」

「万事、気をつけよ、凜」

「御意」

皇帝は戸に向かって声を上げた。

「だれか」

「はい」

皇帝が呼ぶと孔都知が戸を開けて部屋の中に入って来た。

「成王を碁の相手に呼ぶように」

「かしこまりました」

成王と皇帝は月に何度か二人で打つらしい。皇帝は謹慎中の身だが、弟に会うくらいは許されるだろう。

凜は部屋を出た。威厳と圧迫感に溢《あふ》れた福寧殿から外に出ると、孔都知が心配そうな顔で凜を見た。どうやら凜が勝手に香華宮に出たことを咎《とが》められていたと思ったらしい。

「お叱りを受けましたか？」

「いいえ。しばらく花嫁修業に勤《いそ》しむように言われただけです……」

いかにも皇帝が義理の叔父《おじ》として言いそうな小言を言い訳にし、不本意そうに吐息する。孔都知は凜が女官生活を気に入っていることを知っているので気の毒そうに目尻《めじり》を下げた。

「香華宮に戻りたいのなら、微力ながら、私もお口添えしますよ」

凜は首を振る。

「今回の件でよく分かったんです。女官などといっても成王殿下の陰で威張っていただけだってことを――。わたし自身、慢心していたと反省しているんです。薄貴妃を怒らせてしまったのもわたしが悪かったんです」

「それではもう香華宮には戻ってこないのですか」

心底がっかりした様子で孔都知が訊《たず》ねた。

「さあ……どうでしょうか……」

明言を避け、一礼すると凜は福寧殿を出ていった。途中、徐玲樹の手先の女官とすれ違ったが目も合わせずに通り過ぎる。きっと徐玲樹はもっと多くの耳目をまだこの香華宮に持っているはずだ。情報は常にその耳に入っている——凜は福寧殿を振り返り見た。烏が数羽、高い甍《いらか》の上で鳴いていた。

翌日、香華宮は大きく揺れた。

ついに皇帝がもしもの時に備えている兵糧を大規模に放出し、民の暮らしを守ると公言したという噂が駆け巡ったのだ。しかも弟である成王とも相談の上の決定らしい、というのも真実味を帯びた。普段、政治に関わろうとしない成王が国の大事《おおごと》であるからと責任者になることを承諾し、大臣たちを集めて協議するだろうという流言が飛び交った。なんの準備もしていなかった兵糧を管理している兵部《ひょうぶ》の者たちなどは右往左往して書類作成に追われたらしい。

凜は小琴楼を掃除するふりをしながらその動向を監視し、上手《うま》く行ったのを確かめると、荷物とともに香華宮を後にした。

——やっぱり徐玲樹さまが選んだ女官は正解だった。

上手く成王との会話を盗み聞きしたと偽って、大臣と親密な内監にぽろりと漏らしたのだ。

そんなわけで香華宮は大騒ぎとなったが、杭州の街はそれ以上に混乱した。なぜか、今朝の話をすでに商人たちは聞きつけ、米を売り出し始めたのだ。いつまでも持っていたら米の価格が下がる。その前に売り逃げしようというのが商人たちの魂胆である。民もずっと我慢していた米の値下がりに群がって買おうとした。

「これは確かな話だ！　香華宮の兵部の者から聞いたんだぞ！」

「うちは殿前司《でんぜんし》の武官さまから聞きましたわ」

「うちは礼部《れいぶ》の某高官だ！」

「やはり確かな情報のようですな！」

街の商人はそう噂し合い、どうやら本当のことであると信じると、閉めていた戸を開き、売り渋っていた米を売りに売った。もちろん、そうなると米の値がどんどん下がる。

凜はにんまりした。これなら夜には元の値になるだろう。民も馬鹿ではない。もうどこでも米が買えるのだ。安い値のところを探し歩くので、米屋は値下げせずにはいられなかった。

「凜」

凜が米屋の前でその様子を見ていると、ぽんと肩に手が乗る。

「どうやら上手くいったようですね」

「玲樹さま！」

相変わらずフードで顔を覆い、粗衣を纏《まと》っているが、その佇《たたず》まいから余人と違う身分を隠しきれていない。彼は凜の手を取り、自らの腕に添えた。この世界では恋人同士で歩くことなどまずない。家族、親や兄弟、伯父《おじ》、従兄弟《いとこ》などが娘たちの外出に付き添う。徐玲樹の手もそんな風だった。人混みではぐれないようにという気配りだ。

——玲樹さまはやっぱり家族の愛に飢えている人なんだ。

そんな気がした。凜のことを口説いているのも、成王府の正式な一員になりたいからだろう。だから、されるがままに腕を組んで徐玲樹と歩く。

「台州はあれからどうですか」

「相変わらずですね。地方官吏や山賊が隠し持っていた米を没収できたので一息つけましたが、十分とはとても言いがたいです。それでも、温州に帰りたいと思う流民は多いようです。なにしろ逃げたのは土地を捨てたかったのではなくそうせざるを得なかったからですから」

「帰りたいという人が多いのですね」

徐玲樹は頷く。

「しかし、温州では流民が再び戻ってきても厄介なだけです。州境《くにざかい》で追い返してしまうので、どうすることもできずにいます」

徐玲樹は悲しい目をした。いつもの偽りの瞳《ひとみ》ではない。純粋に民を思って憂いている。彼もまた人を思いやる人物にいつしか成長したようだ。凜は嬉しくなった。

「玲樹さまの献策のおかげで米の値が下がりました。台州にまた米が送れます。きっと大丈夫です。一緒にがんばりましょう」

「そうですね……凜と力を合わせればきっとなんとかなるでしょう。医師団も頑張ってくれています。流行病の心配はないでしょう」

「よかった！」

悠人たちの活躍を聞くと嬉しい。

「ただ、兵糧の件が嘘だと知られればまた米の値が上がる可能性は高いので、今のうちに必要な米を買っておいた方がいいでしょう。金は私が出します」

「徐玲樹さまが？　私財で横領金をすべて返すのは大変だったと聞きましたけど……」

すると徐玲樹が片目を瞑《つむ》って見せる。

――まったくこの人は……。

皇帝ではないが、あきれるような感心するような気持ちにさせてくる。台州で必要な米は買えそうだが……。

そしていつしか二人は慶油鋪の前まで来ていた。米の小売りはせず、米屋や料理屋などに大量に米を卸していたはずの店が、売りに転じなければならず民に向けた量り売りをしている。民は競うように安値の米を買っていた。

「慶油鋪は、必死に在庫の米を売っているように見えますが、実際は、かなり稼いだはずです。文字通り、民の血と汗の結晶である米を――」

徐玲樹の声は氷のように冷たかった。

4

元々大量に米を備蓄していた慶油鋪は米の放出によって莫大《ばくだい》な利益を上げたが、他の米屋たちからは恨まれた。当然、卸売りをしていたことを密告され、団行に入らずに米を売った罪で皇城司の監査が入ることになった。

「入れ！」

武官や兵が店に踏み込み、隠し持っていた米を没収した上で、帳簿を探す。もちろん凜も兵の後ろにこそこそと続き、店の中を物色した。すると油の売買に関する表帳簿はすぐに見つかったが、米を不正に得、売ったことを証明する裏帳簿はなかなかない。

――どこにあるの？

部屋を見回すと、豪華な部屋には瑪瑙《めのう》の置物や端渓《たんけい》の硯《すずり》、磨かれた床に柱、椅子と机は舶来ものの螺鈿《らでん》が皇帝の部屋のように並んでいる。西方の絨毯《じゅうたん》が敷かれて、金の香炉から伽羅《きゃら》が香る。

折しも寒い日だ。

部屋の火鉢の火がちょろちょろと揺れているが、どこからか流れてくる煙の臭いはこの部屋からではなかった。香の匂いでよくわからないが、凜はピンと来た。別の場所で火を燃やしているか、燃やそうとしているのを香で誤魔化しているのだ。

「店中の火鉢を探して！」

凛の指示に、兵士たちは四方に散り、凛も慌てて左右を見回した。

――いったい、どこからこの臭いはするの⁉

凛は大きく息を吸うと、香に水を掛け、目を閉じた。嗅覚《きゅうかく》のみに集中し、無の境地となる。そして右側から臭いを感じるとかっと目を見開いた。そこには本棚があるだけだ。しかし、わずかな隙間から煙が出ているではないか。

「隠し部屋よ！」

凛の叫びと同時に子陣が現れ、本棚を押し開ける。中にあったのは帳簿の数々と燃える紫の表紙の紙束。凛は火傷《やけど》するのも厭《いと》わずにさっと拾い上げた。

「凛！」

そしてすぐに足で踏みつけ火を消す。紙の五分の一ほどは燃えてしまったが、残っている部分はなんとか読める状態だ。

「やりました！」

部下たちは喜んだが、子陣は凛の両手を握り、水差しを見つけるとその手に水を掛けた。

「どうして、そんな無茶をしたのだ！」

「どうしてって……」

「火傷をしている……だれか！　氷を持って来い！」

「水で十分よ……大したことない」

凛の言葉に子陣は目をつり上げた。しかし、すぐに凛の両手を包み込んだまま、額と額をくっつける。凛は戸惑い、言葉を発せなかった。子陣と言えば、いつも小言ばかりなのに——と。

「心配させるな……」

「う、うん……」

「凛の背中の傷も俺のせいなのに、手にも火傷を負わせてしまったら……俺は自分を自分で許せない……大切なただ一人の妹妹《メイメイ》なのに……」

「う、うん……」

子陣は徐玲樹と剣で戦った時に凛に傷をつけてしまったことを今も深く後悔していた。

冷たい井戸の水が運ばれてくると、凛の手のひらを優しくひたしてくれる。凛はされるがまま、真剣な面持ちの子陣の横顔を見つめていた。

「証拠になると思ったから必死だっただけ。お義兄《にい》さまが気にすることはないよ」

「証拠などどうでもいい。妹妹の手の方が大事だ」

凛は黙った。

こんな風に子陣に優しくされるのは慣れない。優しくされすぎると指の火傷の痛さもあって急に泣きたくなった。危険はいつも凛と隣り合わせで、子陣がいるから救われてきた。抱きしめてもらいたくなったけれど、この世界にハグの習慣はない。居心地の悪さから凜は立ち上がった。

「凜？　無理するな」

子陣は、無理に自分を奮い立たせる凜を案じたようだ。

「凜」

「もう大丈夫。大丈夫よ」

「凜……」

「それより――」

凜は救い出した証拠の帳簿が気になり頁《ページ》をめくった。だれにどれだけの米を売ったか、だれに裏金を渡して便宜を図ってもらったか。官吏の名前がずらりと並ぶが、黒幕と呼ぶには皆、小吏すぎる。しかし凜は、気になることを見つけた。

「お義兄さま、見て――」

「うん？　東華門の門兵に与えた袖《そで》の下――これがどうかしたのか？」

「ええ。東華門は内廷の人間が主に使う。この門兵に賄賂《わいろ》を渡しているということはつまり、表の政治を担う外廷の人間が黒幕ってことはないんじゃないかな」

「なるほど」

「ここも見て。後宮の門である禁門の門兵を収賄した記載もある」

子陣は建物の外に出ると、証拠品を押収している部下に目もくれずに、階段に座り込んで帳簿に熱中する。凜もその横に座った。

「黒幕は後宮にいる人物だと思う？」

「可能性は高いな……」

「やっぱり薄──」

凜は言いかけて止め、子陣を見た。彼も同じ人物を想像したのだろう。凜を見返し、大きく息を吸う。

「敵はやっかいだぞ」

「そうね……後宮の事実上の主《あるじ》だもの……」

子陣と凜が考えたのは、もちろん薄貴妃だ。皇帝からの寵愛《ちょうあい》にかげりがあるとはいえ、皇后がいない今、薄貴妃が後宮を仕切り、絶大な権力を有している。

「しかし、肝心なところが焼けて分からない。これだけでは薄貴妃を糾弾することは到底できないだろう」

「証拠がないなんて悔しすぎる……」

「様子を見るしかないな」

「そんな余裕があるならね」

台州で苦しむ民は未《ま》だたくさんいる。食べ物だけでなく、医薬品や生活雑貨も送らなければならない。悠長に構えている時間などない。

「心配するな。慶油鋪の慶萬を捕らえた。俺の面子《メンツ》を賭《か》けても吐かせてみせる」

拷問も辞さない決意がそこにあった。民を苦しめ、国を混乱に陥れた罪は重い。いち早い解決が必要だった。子陣が禁じ手を使うのも仕方ない。

「薄貴妃を糾弾するには、彼女と慶油鋪の癒着を証明する証拠が必要ね」

「ああ」

凜は青く冷たい空を見た。鳳凰山は濃い橙色《だいだいいろ》に色づいており、豪奢《ごうしゃ》な慶萬の屋敷の庭には紅《あか》い楓《かえで》が舞い散って池に浮かんでいた。凜は台州のナズナやハコベに心を寄せ、粥《かゆ》は十分に人々の胃を満たしているだろうかと思った。

「寒いね、お義兄さま」

「十一月ももう後半だ。当然だよ」

風がさらった黄色い葉が一枚一枚と凜の手に落ち、一年の残りが短いことを告げた。

「そろそろ、流民たちに綿入れの衣がいるな。もっと台州に送る金が必要だ」

凜の貯金はもう空だ。賃金の前借りなど香華宮で聞いたことがない。おそらく子陣も自分の金を使っているから、じり貧だろう。

「現代ではどうしたんだっけ？」

寄付金を街で募ったり、物資を直接災害地に送ったり……。

「ああ！」

凜は一つひらめいた！

5

「公主さま、わたし、バザーをしようと思うんです」

「ばぁざぁ？　それはなに？」

「バザーです、公主さま。バザー」

まずは相談とばかりに密《ひそ》かに香華宮の安清公主を訪ねると、案の定、新しもの好きの彼女は筆を片手に訊《たず》ねる。メモをとる気満々だ。

「バザーとは不要品や手作り品を皆で売り、その利益を困っている人のために使うお祭りのことです」

「お祭り！」

公主は楽しそうなことに敏感だ。ここのところ、熒惑《けいこく》の異変のせいで皇帝が謹慎しているのもあって後宮では宴《うたげ》も茶会も控える雰囲気で静かだった。しかし、民のために金を集めようというのなら許可が出る可能性が高い。公主はがぜん、やる気になった。

「いらないものってなんでもいいの？」

「はい。使っていないお皿でもいいし、絹でもいい。アクセサリーも趣味でないもの、飽きたものなど、なんでも出していいんです。値段は自分でつけます。手作り品は、たとえば自分で作った香袋や、刺繍《ししゅう》を施した手巾《ハンカチ》などです。暇で作ってしまったけど棚にしまわれているものってあるでしょう？　あげる人もなく、どうしたらいいのか分からないものを出品してお金に換えるのです」

「ええ！　あるわ！　たくさん！」

公主は大きな木の箱を引きずってくると大量の縫い物を出して見せた。この時代、女の嗜《たしな》みとして好き嫌いはともかく女性は皆縫い物をする。公主も無理やりやらされた口だろうが、生地は最高級のものだし、眠らせておくにはもったいない。

「それで……そのバザーを後宮でやったらどうかと思うんです」

「いいわね！」

「でも……」

凜は困り顔をする。

「わたしは香華宮を一度出た身なので表立っては動けなくて……」

公主はポンと強く凜の肩を叩《たた》いて胸を張った。

「心配しなくても大丈夫。私がすべて段取りを整えるわ」

「公主さま！　本当ですか！」

「任せて！」

「ありがとうございます！」

公主は片目を瞑《つむ》って見せた。そういう表情は兄妹《きょうだい》だから当然ではあるが、徐玲樹とよく似ていた。彼女はすぐに後苑の使用許可を取ると、皇帝に拝謁を賜り、「ばぁざぁ」

を開くことを許して貰《もら》った。その行動力とスピードに凜は感心するばかりだ。

そして「ばぁざぁ」の主旨を書いた手紙を各妃嬪《ひひん》たちに送って、協力を仰いだ。いらないものを処分するいい機会でもあり、自分が作ったものが日の目を見るチャンスでもあるので、多くの妃嬪が賛同した。なにしろ、皇帝が訪れるのを待つばかりの生活の彼女たちは暇を持て余していたのだ。出品物が少しでも高く売れるように手巾に火熨斗《ひのし》をかけたり、香を焚《た》いてよい匂いをつけたりもした。

「さて、これからどうするの？　凜？」

「不要品は一箇所にまとめて並べましょう。手作り品は卓の上に綺麗《きれい》に並べるといいかと思います」

「なるほどね！」

公主はもらい物の化粧品や壁飾り、新品の絹の反物、好みではない素材の筆や花瓶などを不要品として出している。普通に考えたらお宝だが、高貴な身分の人にとったらガラクタなのだ。公主の場合、主催者という手前もあるし、民を助けたいという思いももちろん強いからだろうが。

手作りの錦《にしき》の巾着《きんちゃく》や、マル秘の小説数冊、縫い目が荒い衫《ひとえ》。そんなものを凜のアドバイスに従って卓に並べたり衣桁《いこう》に掛けたりする。

「こんな感じで並べればよろしいかしら？」

まずは公主と親しい徳妃がやって来た。宮人に様子を見に行かせ、楽しげなのを確認

したのだろうか、他の妃嬪たちがぽつりぽつりと現れて、商品を並べる。自分が儲《もう》ける
わけではないが、商品が売れるのは楽しいものだ。

「どう？　この香袋は素敵でしょう？」

「一つ買ったらもう一つおまけするわ」

「最高の絹を使っているのよ、まけられないわ」

などと商売上手まで出てくる。

裏方に徹していた凜はしめしめとほくそ笑んでいた。この調子なら莫大《ばくだい》な売り上げが
期待できる。しかし──。

「これはなんの騒ぎですの!?」

なんの騒ぎかはしっかり把握しているはずなのに、突然眉《まゆ》をよせて、薄貴妃が宮人女
官を引き連れて現れた。紫の衣に深紅の裙《スカート》を身にまとい、手には季節外れの団扇《うちわ》がある。

相変わらず国難などかまわない豪華な出《い》で立ちだ。蝶《ちょう》の髪飾りが歩く度に音を立てて鳴
る。

「ご挨拶《あいさつ》申し上げます」

妃嬪たちは慌てて頭を下げた。対して邪魔された公主は不満そうだ。

「なんの用かしら。お父さまの許可は得ているわ。民を救うために皆で『ばぁざぁ』を
しているだけよ」

公主はそう反発したが、薄貴妃が見ていたのは彼女ではない。公主の後ろにいた凜だ。

挑むような眼で見たかと思うと、急に怪しい含み笑いを浮かべる。

「尻尾《しっぽ》を巻いて香華宮から出ていったと思ったけどまだいたの？」

公主が胸を張った。

「私が呼んだのよ。凛は皇族だもの。香華宮に来るのになんの遠慮がいるの？」

「養女にすぎませんのにね？」

本当に嫌な奴だと凛は腸《はらわた》が煮えたぎった。かと言ってこの前のように盾突けば皆を心配させる結果になってしまう。凛は控えめに言った。

「公主さまのお手伝いに登城しただけです」

「あなた一人、この香華宮にいるだけで空気がよどんでいるように感じるわ。なんででしょう？　ドブネズミのようにくさいせいかしら？」

――我慢よ、我慢。ぐっと我慢。

凛は「我慢」という言葉を何度も繰り返し、ただうつむいて嵐が去るのを待ったが、公主の気はそれでは収まらない。

「凛はお父さまのお気に入りよ！　意地悪を言うとまた謹慎になるわよ！」

公主の言葉は薄貴妃を大きく動揺させたようだ。眉をぎゅっと寄せて、暑くもないのに団扇でなんども自分の顔を扇《あお》ぐ。そして憎々しい眼で凛を見た。

「そうやって権力の陰に隠れているといいわ。ここにはあなたの居場所などないのよ」

薄貴妃は不機嫌に衣を翻《ひるがえ》すとその場から去って行った。凛はなぜ、あれほど薄貴妃は自分のことを嫌うのだろうかと不思議だった。度を超している。

「凛。あんな人のことなんて気にしないで。それより売り上げを集計しましょう！」

考えこんでいると、いつの間にかバザーは片付けに入っていた。盛り上がっていたのに、薄貴妃の横やりで撤退する妃嬪が出たのが理由だ。それでもかなり稼げたし、寄付金をくれた人もいた。少なくない金が集まった。

「これなら、米以外にも綿入れの衣を台州に送ることもできそうです」

凛が言うと、公主はその手を繋《つな》いだ。

「私や側仕えの女官たちの多くは暇だもの。手伝うわよ。私たちも綿入れを作るわ。木綿でいいんでしょう？」

「ええ！　ええ！」

凛の心にじんと温かいものが広がった。

それから、善意が善意を呼び、その輪が広がり始めた。

その日から公主はじめ、宮人女官たちは早速動いてくれた。数日後には一枚、二枚と香華宮の女性たちが縫った衣がいつのまにか、百を超えた。生地代はバザーの売り上げから出し、参加する宮人女官は生地と糸、綿をもらって完成品を持って来てくれる。徐々に玲樹の信望者と思われる女官の多くも、当たり前のように手伝ってくれた。

「凛司膳」

隠れるように少女が一人現れた。薄貴妃のところの宮人だ。凛は警戒しつつも表情を崩した。

「どうしたの？」

「これを」

手渡されたのは民のための綿入れ二着だ。丁寧に縫ってあり、綿が寄らないようにキルティング加工もされていた。

「ありがとう」

彼女は首を横に振る。

「礼はこちらが言わなければなりません。両親が台州で流民となっているのです。凜さまをはじめ、成王府の方々に救われたと文がきました。医療所に世話になって、成王府には大恩があると書かれていましたので……できることがあればお手伝いしたいとずっと思っていたのです」

「ご両親が無事でよかったわね。今は医療団が簡易の建物を建てて流民を住まわせているらしいわ。台州にいる医師から連絡があったから心配いらないわよ」

少女は頷《うなず》いた。そのまま背を向けて去ろうとするので、凜は慌てて呼び止めた。

「聞きたいことがあるの。差し障りがあることなら答えなくてもいいんだけど」

「なんでしょう。凜司膳の問いならなんでもお答えいたします」

「もしかして、薄貴妃の会話の中で『慶油鋪』という名前は出なかった？」

「慶油鋪ですか……」

彼女は少し考えてから小首を傾げた。

「いいえ。聞いたことはありません」

「じゃ、衛天文官という人については?」

宮人は首を振った。

「一度もありません」

凛は落胆したが、心の内は見せなかった。

「ありがとう。助かった」

少女は頭を下げて帰って行った。薄貴妃がこの事件の鍵《かぎ》であると思っていたのに、重要人物の名前を口にしたことがなぜないのか。よほど気をつけていたのか、先ほどの宮人は薄貴妃に直接仕える地位ではないのか。それとも薄貴妃はこの事件とは関係がないのか――。

「うーん」

凛は枯れ葉が広がる後苑を歩き考える。

『ちょろちょろと鼠のように動き回り、人の歓心を買おうとするのは滑稽《こっけい》ですわ』『ドブネズミのようにくさいせいかしら?』

薄貴妃は凛を鼠になぞらえる。だからまるでこの事件に関わるなと警告しているように思っていた。鼠のように事件を嗅《か》ぎ回るなと言っていると感じたのだ。

「でも証拠は一つもない――」

凛は頭を掻《か》きむしる。上手《うま》く考えが纏《まと》まらない。どうしたら明らかな証拠を薄貴妃から引き出せるのだろう。芙蓉殿を家捜しなどとてもできないし、薄貴妃は傲慢《ごうまん》ではあるが馬鹿ではなさそうだ。証拠をご丁寧に居所にとっておくはずはない。

「凛」

考えこんでいたせいで、いつの間にか子陣が凛の横にいたのに気づかなかった。彼は左手を後ろにし、いつものように背筋を伸ばしていた。歩き方一つからも気品が漂う。

彼は凛の顔を覗《のぞ》き込んだ。

「行き詰まっているようだな」

「そうなの。薄貴妃は怪しいのに特に証拠や証言が出ないのよ。ぜったいに薄貴妃が黒幕なのに」

「俺も張天文官を殺した同僚の衛天文官なる人物を密《ひそ》かに調べたよ。それこそ交友関係から家族、金回り、出入りの商人までだ。しかし、調べた結果、衛天文官と薄貴妃とはまったく接点がなかった」

凛は納得がいかなかった。

「そんなことある？ 他に怪しい人はいないのに……金回りがいいのもこの後宮で薄貴妃だけよ。翡翠《ひすい》の指輪に瑪瑙《めのう》の首飾り。いつも違った装飾品を身につけていられる贅沢《ぜいたく》者はあの人しかいないじゃない」

「衛天文官は八品でしかない。薄貴妃と関われるような身分ではない。途中でだれかが仲立ちしたかもしれないと思って調査したが……なかなか警戒して尻尾を出さない」

「……」

凛は槐《えんじゅ》の木に手を添えた。

「証拠がない……」

凛は自分の空っぽの手のひらを見た。

――そもそも薄貴妃が怪しいと言ったのはわたし……。

証拠はなにもなく、心証だけで裁けない。ならわたしは――。

「なにかを間違っていたってこと⁉」

ひとつの可能性に思い当たった凛は子陣を振り返った。

6

「薄貴妃は黒幕ではないかもしれない……！」

凛ははっきりと子陣に言った。

「どういうことだ」

「薄貴妃がわたしに嫌がらせをするのと今回の事件は分けるべきだってことよ」

「……」

子陣は腕を組む。

「確かに……そうかもしれないな」

薄貴妃に恨まれる理由はまったく思いつかなかったが――

「凜はお父さまのお気に入りよ！」と公主が言った時の薄貴妃のうろたえぶりを考えると、凜はどうも引っかかる。

――もしかして……。

「ねぇ、わたしが皇上の妃《きさき》になるっていう噂はまだあるの⁉」

「はぁ？　そんな噂があるのか。俺は聞いたことない」

「女官が話しているのを聞いたの！」

子陣は一笑に付し、すぐに呆《あき》れ顔になった。

「そんなわけないだろ。凜は確かに皇上のお気に入りだ。だが、数々の事件を解決したからという理由だけではない。愛娘《まなむすめ》の唯一の理解者であり友達だからだ。玲月《れいげつ》があんな風に笑うようになったのは凜と出会ってからだ。父上への気遣いもあるし、なにより、凜が忠実であるのを買っている。そんなお前が妃？　馬鹿げている。お前を後宮なんかに入れたら、大騒ぎになるのは皇上だってご存じさ」

凜も同意だ。徐玲樹の事件のことはかん口令が敷かれていてほとんどの人が知らない。香華宮の人々が好き勝手に想像して噂しているだけで、皇上からそんな風に見られていると感じたことは一度もない。後宮に入るなど想像もつかなかった。

「でも……だからわたしは薄貴妃に警戒されているんじゃない？」

「そんな噂があるのなら、可能性は大だな。誰がそんなことを言ったのだ」

「あれは――重陽の夜……酔った芙蓉殿の宮人が言っていたんだっけ……」

「芙蓉殿？　薄貴妃の居所じゃないか」

凜ははっとした。なんて馬鹿なんだと自分を罵《ののし》った。どうして気づかなかったのか。

子陣も紅葉する木の下に止《とど》まる。冷たい風が襟元を撫《な》でて去って行くのを感じながら、
凜は冴《さ》えた頭を整理した。

「薄貴妃のことはひとまず置いておきましょう」

「ああ？」

「慶油鋪のことはどうなったの？」

「拷問に耐えて未《いま》だ『知らぬ存ぜぬ』だ」

「きっと黒幕を吐いたらおしまいなのを知っているのね……」

凜の肩に落ち葉が止まり、子陣がつまんで落とす。彼女は手を握りしめたまま言った。

「最後の手がかりは衛天文官よ」

張天文官を殺した男だ。皇城司が調べているだろうが、泳がしており、まだ逮捕には至っていない。

「なかなか狡猾《こうかつ》な男だ。尻尾《しっぽ》を出さない。犯行時間に一緒にいたという人物もどんなに取り調べても証言を覆さない」

「アリバイが完璧《かんぺき》だってことね……じゃ、その尻尾を出させればいいんじゃない？」

「どうやって？」

「さぁ」

「さぁ？　心許《こころもと》ないな」

凛は意味ありげに微笑み、子陣の聞きたくない名前を告げた。

「玲樹さまに相談してみましょう。きっといい知恵を分けてくれるはず！」

「あ、あいつか……」

案の定、子陣は乗り気ではないけれど、他に方法はない。彼ならばまた妙案を出してくれるはずだ。

「で、徐玲樹は今、どこにいる？」

「呱呱の世話を頼んだから、たぶん……お義父《とう》さまと七草粥《ななくさがゆ》を食べていると思うけど？」

すっかり実家に馴染《なじ》んでいる徐玲樹に子陣は不機嫌になったが、とにかく善は急げだ。

すぐに二人は走り出し、東華門を後にした。


「ただいま戻りました、お義父さま、お義母《かあ》さま」

成王府に戻るとちょうど、徐玲樹が自ら作ったという七草粥を成王と周妃《しゅうひ》が食べているところだった。さすがにナズナとハコベだけではなく、スズナ、スズシロなどまともなものも入っているが、皇帝の弟の昼食にしては質素だ。しかし成王は、フゥフゥと冷ましながら匙《さじ》で旨《うま》そうに食べていた。

「玲樹に粥《かゆ》を作ってもらうとはなんとも嬉《うれ》しいことだ」

「しかも、お米の硬さもちょうどよくて」

仲良し夫婦は感動で涙さえ浮かべている。徐玲樹は喜色を浮かべて、小脇に呱呱を抱えていた。子陣が鼻を鳴らした。

「ずいぶん和んでいるではないか」

怒った口調なのに、徐玲樹の横に座って、子陣も粥をすすり始めた。そして呱呱を見て眉《まゆ》を寄せる。

「お前、なんでアヒルを抱いているんだ」

「殿下、アヒルではなく、呱呱という名前があります」

「知っている。そんなことは――」

凜はまぁまぁと間に入った。

「玲樹さまにすっかりなついたみたいですね？」

「当然です。呱呱は私の家族ですから」

凜は嬉しくなった。孤独で実父を恨んでいた彼が、呱呱を「家族」と呼ぶ。つまり、凜も子陣も成王も周妃もみんな「家族」なのだ。揃って民の苦労を思いながら七草粥を食べると、体の芯《しん》まで温かくなった。しかし成王と周妃がいなくなるとすぐに徐玲樹は笑みを消し真顔になった。

「それで？　慶油鋪は吐いたのですか」

「いや、まだだ。がんばっていてなかなか黒幕の名前を吐かない」

徐玲樹は少し考えてから、呱呱の耳を塞《ふさ》いだ。

「郡王殿下、四半時ほど私に慶油鋪の店主と話をさせていただけませんか」

「四半時？　どうするんだ？」

「きっと私とならしゃべりたくなるはずですよ」

片目を瞑《つむ》って見せた徐玲樹の笑顔は、背中がぞくりとするものだった。

――うわ。絶対、何かするつもりだ……。

凜はおののき、子陣は引いた。

「いや……頼みたいのは山々だが……皇城司には皇城司の決まりがある……外部の者と犯人とは接触させられない」

「そうですか……」

心底がっかりした様子で徐玲樹は呱呱を撫でた。しかし、衛天文官が尻尾を出すのを待っていると聞くと、すぐに名案を考えつく。謀略を考えている時の彼はなんともいえないキラキラ感があり、彼の外面しか知らない人が見たら、きっと惚《ほ》れてしまうだろう。

だが、凜はあえてなにも気づかぬふりをして真面目な顔を作った。

徐玲樹は言う。

「慶油鋪の主《あるじ》、慶萬が黒幕に義理立てしているのは、家族の安全が引き換えだからでしょう。しかし、慶油鋪の店員ならどうでしょうか？」

「店員？」

「慶油鋪の店員は皆、皇城司に捕らえられていますが、黒幕に義理立てなどする必要はありません。慶萬が信頼して使っていた者を使いましょう。店の番頭のような者がいい」

凛と子陣は意味が分からず顔を見合った。

「どういうことですか、玲樹さま？」

「慶油鋪の番頭に多額の金を持たせ、衛天文官のもとに行かせるのです」

「…………」

「どうか主を助けてくれと言ってね」

「怪しみませんか」

凛が懸念する。

「慶萬の文をつけてやりましょう」

「どんな文ですか」

「『拷問が酷《ひど》く耐えられない。このままではあなたのお名前を口にしてしまいそうだ』という文です。無論、金は助ける謝礼です。もし、衛天文官がこの件に関わっているのなら、自分の名前が慶萬から出ることを恐れて、黒幕の下にその文を届け、なんとかして欲しいと頼むでしょう」

「いい方法ですね！」

凛は同意したが、子陣の顔はさえない。

「慶油鋪が文を書くことを承知するはずはない。拷問にさえ耐えているんだぞ。協力などしない」

「ならば字を真似て書けばいいことです。血文で書いてやれば、指なので筆跡は定かではありませんよ。それに拷問に耐えている臨場感が出ますしね」

凛は徐玲樹は天才だと思った。衛天文官は保身のために慶油鋪の命乞《いのちご》いの文を黒幕に運ぶ可能性は高かった。子陣もそれならと同意する。

「そもそもこの事件は横やりが多かった。御史台《ぎょしだい》や刑部が慶萬を渡せとなんども言ってきた。おそらく黒幕の仕業だろう。今回も動いてほしいと慶萬が懇願しても不思議ではないな」

「確かに……でも本当に衛天文官が一味なら、いったい誰に文を渡すのかな……」

凛が首を傾げると、徐玲樹が優しい声になる。

「凛。こういうときは誰が一番得をするかを考えると、自《おの》ずから答えがでてくるものです」

「だれが得するか――」

皇族ではまずない。領地に流民が出て喜ぶ人間はいない。重臣？　やりかねない人間は何人かいそうだが、凛には心当たりはなかった。

「とにかく、行こう」

「うん」

子陣はすぐ既に捕らえていた店員の一人と取り引きした。もし金を運ぶのを成功させれば、命の保証をしてやるというのだ。喜んで「やります！　やらせてください！」と老年の番頭が言ったのは言うまでもない。

子陣は多額の金を用意して番頭に持たせる。衛天文官に与えるのはよく磨かれた金塊がいい。小役人であるので、金塊など見慣れていないからさぞかし魅力的だろう。黒幕へは会子という紙幣だ。こちらは重い金塊など面倒なだけだと思っていても不思議ではない。すぐに懐にしまえる紙が好都合のはずだ。

「では行って参ります」

一更の鐘が鳴り、月が雲に隠れると、手燭《てしょく》だけを手に番頭は杭州の街へ歩き出す。徒歩で皇城司の役人がそれを追い、凜と子陣、徐玲樹の三人は舟に乗った。繁華街に番頭が入って行くのを見ると、徐玲樹は闇夜の空を見上げて言った。

「さて獲物は網にかかるでしょうか」

7

慶油鋪の番頭の歩みは速いが、どこかびくびくしているように見えた。無理もないが、あれではバレてしまうのではと凜はそわそわする。しかし、酒楼が並ぶ通りを過ぎると知り合いに遇《あ》うこともなくなったからか、番頭はいくぶん落ち着きを取り戻し、背筋を伸ばして先を急いだ。

「ごめんください」

漆が剝《は》がれた朱色の門の前に立つと、番頭は左右を確認する。何度か門を叩《たた》いて、ようやく家族らしき男が出てきた。迷惑そうな顔なのは、時間が遅いからだろう。

「どちらさまですか」

「慶油鋪の者だと衛天文官さまにお取り次ぎください」

少し待つように言って男は去って行ったが、番頭は屋敷の中に招き入れられることはなかった。しばらくすると、退廷したばかりなのか、官服を着崩した男が門に隠れるように現れた。だれもいないことを確かめると、木枯らしが吹く中、門前で番頭の前に立つ。

子陣が囁《ささや》いた。

「あれが例の衛天文官だ」

狡猾《こうかつ》そうな男だと凜は思った。痩《や》せていて歯が一本抜けているが、左右に滑稽《こっけい》に伸びた口髭《くちひげ》だけはきちんと揃えてあるのは、体面を気にする性格が透けて見える。

「困るではないか、こんなところに来られては！」

密《ひそ》やかな声が聞こえた。

「しかし、もう衛さま以外に頼れる方はおりません」

「慶油鋪ほどの大店《おおだな》だ。懇意にしている役人は腐るほどいるだろう？」

「皇城司に主が捕らえられてから誰も門を開けてくれません。それより、どうかこれをご覧ください」

徐玲樹が作った血文を番頭は見せた。衛天文官はそんなものにまったく興味を示さなかったが、ともに差し出された金塊三つに目の色が変わった。

「これは？」

「あの方に連絡を取って欲しいのです。もう頼れるのはあの方しかおりませんから」

番頭は名前を知らないので上手《うま》く言葉を選ぶ。衛天文官は少し考えたが手を振った。

「そんなことできるはずはないだろう？」

「これをごらんください」

番頭が手渡したのは高額の紙幣、会子だ。その金額が門前に吊《つる》された提灯《ちょうちん》に照らされると、衛天文官は目を見開いた。

「この金は？　こんなにどうしたんだ」

「店や屋敷を処分できたのでその金です。主人の命には代えることはできません。文を見てください。我が主はもう拷問に耐えきれず、あなたやあの方の名前を吐いてしまいそうなのです。ことは急を要します」

衛天文官は渋ったが、番頭は自分の息子も皇城司が踏み込んだ時にたまたま店にいて捕らえられていること、このまま主人が有罪となれば、店員もすべて処罰を免れないこと、奥様や大奥さまが涙ながらによろしく頼むと言っていたことなど、衛天文官に切に訴えた。

それでも衛天文官は心を動かさない。なにしろ人を殺すような男だ。情などそもそも持ち合わせていないのだ。当初から徐玲樹に言われていた通り、番頭は金塊をもう一つ取り出すと、衛天文官に握らせる。

「出そうと思えばまだ出るじゃないか」

「これは店の金ではなく、私の個人的な金です。お願いします」

衛天文官は金塊を懐に入れると、会子を袖《そで》にしまった。

「言ってはみるが、あの方は厳しい方だ。どう出るかは分からないぞ」

「もちろん、その通りです。どうぞよろしくお願いします」

なんども番頭は衛天文官に頭を下げたが、門はぴしりと閉じられてしまった。だれに見られるか分からない。番頭はそのまま元の道を帰った。

「いつ動くと思う？」

凜が気になって聞くと、舟に戻る凜の手を取って徐玲樹が答えた。

「明日《あした》までは動きませんよ。今夜は金塊に息を吹きかけて磨くのに忙しいでしょうからね」

「そうね。玲樹さまの言うとおりだと思う」

とりあえず、皇城司の武官に一晩、衛家を見張らせることになった。

そして翌日――。

成王府の凜の私室で、寒くて寝台から起きられない彼女の顔を覗《のぞ》き込む人がいた。小葉だと思って、目をうっすら開けると、そこにいたのは――。

「れ、玲樹さま！」

「よくお休みでしたよ」

人差し指が伸びてきて、凜の涎《よだれ》を拭《ぬぐ》った。

――な、ななな、な！

思わず布団を握り締めて壁側に逃げる。徐玲樹はそんなことにかまわず、寝台の隅に腰を掛けた。腕には呱呱がいる。

「可愛い寝顔で見入ってしまいました。『イカめしを食べたい』と四回言っていましたが、どんな食べ物ですか」

凜は赤面しながら、呱呱を受け取った。かなり気難しいアヒルにもかかわらず、徐玲樹には従順だ。動物とはやはり人となりに敏感なのだろうか。

「ど、ど、どうしたんですか」

「せっかくなので、一緒に事件の結末を見届けに行こうと思いまして」

「お義兄《にい》さまは？」

「郡王殿下は朝早くから衛天文官の屋敷の前に張り付いておいでですよ。無駄足なのにね」

凜は布団から目だけを出した。

「もしかして、玲樹さまはだれが犯人かもう分かっているんですか」

彼はあやふやに微笑んだ。

「さぁ、どうでしょう」

目星をつけている目だ。こうしてはいられない。凜は自分が寝衣であるのも忘れて立ち上がると、小葉が持って来た桶《おけ》の水で顔を猛烈な速さで洗い、衝立《ついたて》の向こうで温かみのある深い桃色の大袖衫《おおそでさん》に藤色の裙《スカート》に着替えて、口紅《くちべに》だけをさっと塗った。それを一部始終、興味深そうに見ていた徐玲樹が近づいて来て、黛《まゆずみ》を手に彼女の前に座る。

「眉《まゆ》を描いてさし上げましょう」

「え？　あ、はい……」

絵心抜群の彼ならば完璧《かんぺき》な眉を描いてくれるだろう。凜は鏡の前で目を瞑《つむ》った。さっと優しく眉を描く手つきは慣れているように感じた。片目を開けて見ると、嬉《うれ》しそうな義理の従兄《いとこ》がいる。これなら任せられそうだ。ところが、そこにドスドスと革靴の音が近づいて来た。

「おい！」

子陣だ。戸が開いたと思うと、徐玲樹の襟首を摑《つか》んで凜と引き離す。

「な、なに？　お義兄さま⁉」

「なに？　だと？　男に眉なんて描かせて！　破廉恥だろう！」

「は、破廉恥！」

徐玲樹がくくくと失笑する。

「凜は悪くはありませんよ。私が描きたいと言っただけでして」

「当然、お前が悪い！　すべてな！」

子陣がなにを怒っているのか凜には皆目分からない。助けを求めるように小葉を見ると小声で教えてくれた。

「京兆画眉《けいちょうがび》という昔の話があり、眉を描くのは仲のいい夫婦や恋人同士がすることなのです……郡王殿下がお怒りになるのも致し方ありませんわ」

「へ、へぇ……」

凜は鏡の中の自分を見た。流行の平行眉で、できは上々。現代にいたころ通っていた眉毛《まゆげ》サロンより上手いかもしれない。

が、子陣と徐玲樹はその後も同じことを繰り返し怒鳴り合っている。

「軽率過ぎるではないか！」

「なら責任を取りましょう。華燭《かしょく》はいつがよろしいでしょうか」

「は？　お前なんぞに妹妹《メイメイ》をやるか！　無官の罪人じゃないか！」

「しかし、こうなってしまってはもう責任を取るしかありません」

「はぁ？　もう一回言ってみろ！」

まったく付き合っていられない。この調子では子陣に気に入られる婿など見つかりそうもない。まったく過保護だ。凜は香袋を摑むと言った。

「さあ、しゃべってないで行くわよ」

「は？　行く？　どこへだ！」

「黒幕を逃していいわけ？」

子陣はまだ言い足りない様子だが、徐玲樹は「そうですね」と上機嫌で凜の手を取った。凜はそれからするりと逃げだし、男たちの先頭を歩く。この世界の常識では女は男の三歩後ろを歩かなければならないのだが、そんなことはかまわない。

しかし、凜はすぐに歩みを止めた。

「それで――どこに行けばいいんですか？」

徐玲樹が微笑み、南を指す。

「もちろん、香華宮ですよ、凜」

凜は香華宮のある南の方向を見やった。

高楼が見えた。あれが後苑の楼閣であるのを凜はよく知っている。他にも、福寧殿だろうか――光を反射した銀色の甍《いらか》が見え、凜は微《かす》かに震えた。

――香華宮は魔窟《まくつ》ね……。

『こういうときは誰が一番得をするかを考えると、自《おの》ずから答えがでてくるものです』

徐玲樹はそう言った。そして――凜はさらに思考する。

「だれならこの事件を起こすのが可能なの――」

と疑問は変わる。

「少なくとも、公田法や皇上の意向に詳しく、もしかしたら薄貴妃とも関係のある人物なんじゃ――」

凛は背中を押されて、子陣と徐玲樹とともに水路、香華宮へと向かった。

8

「急ぐ必要はありません。東華門で待っていればあちらから来るでしょう」

徐玲樹は舟の上で余裕の笑みを浮かべ、衛天文官の尾行は必要ないと言った。凛は首を傾げる。

「なんで衛天文官は香華宮に行くのですか。黒幕の家に行けばいいのに……」

「それはすぐに分かりますよ」

凛が香華宮の東華門の前についた時、衛天文官は門兵ともめているようだった。どうやら彼のもつ木牌《みぶんしょう》では中に入ることは難しいようだ。そもそも翰林天文院は香華宮の外にあるのだから、門兵としては何しにきたと疑うのは当然だった。

「熒惑星《けいこくせい》の異変についてのご報告書を持って来ただけだ。早く通せ」

横柄な下級官吏の衛天文官に指図されて門兵は機嫌を悪くした様子だったが、それを止めるだけの理由はない。「通れ」と不機嫌に言って、掲げていた剣を下ろした。

「通して！」

その後すぐ、凜は成王府の木牌を水戸黄門《みとこうもん》の印籠《いんろう》よろしく翳《かざ》した。そんなものを見せなくても、出前を頼むだけでなく、ちょくちょく外出する高位女官である凜のことを知らぬ門兵などいない。慌てて跪《ひざまず》こうとしたが、凜は手を振った。

「またね！」

フードを被《かぶ》った徐玲樹の正体を詰問される前に、凜は全力の愛嬌《あいきょう》を門兵たちに振りまいた。彼らはぽっと顔を赤らめた。そしてすぐに恥ずかしいのか目を伏せる。後から悠々と中に入る子陣は、門兵一人一人の顔をにらみ付ける。文句を言いたそうな目つきだ。

「お義兄さま、早く、早く！」

凜は潜めた声で子陣を手招きする。

子陣は仕方なげに歩みを早めて、凜と徐玲樹の横に並んだ。前には香華宮の内廷に慣れない様子の衛天文官が、左右を窺《うかが》いながら背を丸めて行く。寒そうな褪《あ》せた緑色の官服は内廷で浮いていた。

「どこに行くと思う？」

「さあな」

子陣はそう答えたが、徐玲樹はいつもの穏やかな顔のままだった。

「さて――どうなることやら」

どこか他人事《ひとごと》で、槐《えんじゅ》の葉がはらはらと舞うのを不思議そうに見ていた。

「久しぶりの香華宮ですね」

凜が声を掛けると、彼は肩をすくめる。

「皇上にお会いしたらどんな顔をしたらいいのかと思うと心配になります」

「そのままでいいのではないでしょうか。皇上も会いたいと思っていらっしゃいますよ」

皇帝の近くにいる凜にはそれが分かる。時折、二人だけの時に徐玲樹の近況を聞きたがるし、凜と結婚させたいと思っている様子はその表れだ。こちらは政略結婚などお断りであるが、父子は仲良くあって欲しかった。

「行くぞ」

情緒もへったくれもない子陣が急《せ》かした。衛天文官は内監がするように下を向いて手を袖《そで》の中に入れたまま後宮の禁門の前をさっさと通り過ぎた。

「禁門にいかない……目的地は後宮ではないわけ？」

――ううん、まだその線は捨てられない。衛天文官は後宮の中に入れないもの。誰かに言づてを頼んで後苑でこっそり会うのかもしれない。

しかし、衛天文官は福寧殿の方へと急ぐ。そして、福寧殿から出てきた内監を引き止めると、小銭を渡し、頼みごとをしている様子だ。頼まれた内監はどうやら小銭が少なかったこと、頼みごとが面倒なことで断ろうとしている様子だったが、衛天文官が仕方なさそうに更に小銭を渡したことから、ため息交じりに引き受けた。

「だれなの？」

凛は子陣を見た。青ざめた顔だ。

徐玲樹を見ると、フードで深く顔を隠してよく分からない。

衛天文官は福寧殿の建物の陰へと控える。

凛の心臓は今までになく動悸《どうき》がした。落ち着かない体を左右に動かし、福寧殿の戸口を、何も見逃さないようじっと見つめる。しかも謎の相手は半時も衛天文官をそこで待たせた。つまり一時間だ。忙しいのか、会いたくないのか、諦《あきら》めて帰らせる気なのか——。

やがて凛が立ち疲れた頃、一人の内監が頭を下げながら福寧殿の戸から出てきた。

「あ、孔都知よ。衛天文官が福寧殿をうろうろしているのが見つかったらきっと怒るわ」

凛は計画が頓挫《とんざ》するのを恐れた。

が——。孔都知は面倒くさそうに衛天文官の前に立ち、その襟を摑《つか》んで柱の横に連れて行った。凛は目を見開く。孔都知が声を抑えながら怒声をあげるのが聞こえた。

「連絡を取るなとあれほど言っただろう！」

「それが……慶油鋪に頼まれまして……」

衛天文官は恐怖を瞳《ひとみ》に宿した。いつもの温和な孔都知ではない。冷酷で恐ろしい気配をまとっている。衛天文官は慌てて慶油鋪の番頭から預かった会子を袖から出して震える手で差し出す。

「今にもあなたの名前を吐いてしまいそうなので、なんとかお力を持ってお助けくださいとのことです」

「こんなはした金でわしを危険にさらすのか！」

声を潜めたまま孔都知は言い、衛天文官を突き飛ばした。しかし、しっかり会子は袖にしまい、「この忙しいときに余分な仕事をさせやがって！」と不平を述べる。しかし、その時、石の獅子《しし》の前に隠れていた子陣が一歩を踏み出した。

「話は聞かせてもらった」

「⁉ 嵌《は》めたのか！」

孔都知は衛天文官をにらみ付けた。

彼は左右に大きく首を振り、

「私ではありません！」と叫ぶ。

しかし、頭の良い孔都知はすぐに衛天文官が嵌められたとわかったのだろう。最後に一発とばかりに彼を殴りつけようとする。が、すぐに駆け付けた皇城司の兵士たちに取り押さえられ、身動きを封じられた。

「皇上がお呼びです」

そこへ中から別の内監が現れて、子陣たちに深く頭を下げた。

子陣は孔都知と衛天文官を引きずって部屋に入り、凜と徐玲樹も高い敷居を同時に跨《また》いだ。三人は両手を胸の高さまで持って行き、「皇帝陛下に拝謁いたします」と挨拶《あいさつ》してから「皇帝陛下万歳」と言祝《ことほ》いだ。皇帝はその一連の慣習を気に留めず、連れてこられた長年の側近を見下ろした。

「なにか言い逃れがあるか、孔炎」

皇帝の声は氷のように冷たかった。

「皇上。これは濡《ぬ》れ衣《ぎぬ》です！　よくお調べください！　衛天文官はでたらめを言っているのです」

「この天文官とは親しいとみえるな。名前まで知っているとは――」

「そ、それは――」

口ごもった孔都知の代わりに、連れて来られたのは慶油鋪の慶萬だ。子陣が拝手した。

「孔都知は衛天文官と共謀の上、熒惑に異変があるとし、天の予言をでっち上げました。その事実を知った張天文官を殺害。飢饉《ききん》があるという噂を杭州にまき、民を惑わし、米の値をつり上げたのです。また、内監で、かつ皇上の側近という自らの立場を利用して公田法を悪用し、温州の締め付けを強めたことによって、温州で本当に飢饉が起こったのです」

皇帝は深い息を漏らした。目の奥で怒りの炎が燃えている。

「民は甚大な被害を受けた。多くの者が飢え、死に、家族を失った。どうやっても償えるものではない」

「皇上！」

孔都知は諦め切れないのか、皇帝の足に必死にしがみ付いた。長年、仕えていたからこそ恩情がもらえると思っているようだが、皇帝はそんな甘い人間ではない。凜や子陣から現地の報告を受けているだけでなく、徐玲樹も民の悲痛な生活をなんども文に書いて皇帝に助けを求めた。

皇帝は自分の情と決別するかのように孔都知を蹴飛《けと》ばした。引っくり返った彼は主《あるじ》から確固たる寵愛《ちょうあい》を得ていたと誤信していたのだろう、驚きの目を開く。

「薄貴妃も連れて参れ！」

金回りが不審なほどよく、孔都知とも親しい関係であったのを、皇帝は把握していたようだ。

「妾《わらわ》はなにも知りませんわ！」

やがて薄貴妃が連れてこられた。床に放り投げられ、這《は》うように皇帝に訴えたが、皇帝は机の上のものを袖で払い落として黙らせた。

「孔炎から幾らもらったのだ！」

「……………」

「この恥知らずめが！」

皇帝の迫力に凜は縮み上がった。しかし、薄貴妃は我慢できない様子で凜を指差し憎々しい眼で睨《にら》んだ。

「先に裏切ったのは皇上ではありませんか！　貴妃たる妾を差し置いて、この女を皇后にするおつもりだと孔都知から聞きました！　だから手を貸したのです！　それだけですわ！」

嫉妬《しっと》にまみれた顔は涙でぐちゃぐちゃだった。自分のすべてが一瞬にして凛に奪われてしまうと誤解したのだろう。

凛は一歩前に出た。

「薄貴妃さま、それは誤解です。おおかた、孔都知から吹き込まれたのではありませんか。そんなことを一言も皇上はおっしゃったことはありません」

薄貴妃は凛を見上げ、夫たる皇帝を見た。

「馬鹿が」

皇帝は言葉を発するのも面倒というばかりだ。

子陣が口を開いた。

「凛は皇后などになりません。孔都知の悪知恵に騙《だま》され利用されたのですよ、薄貴妃」

「偽りですわ！　皇上はいつも一番いい髪飾りやら絹をこの女に下賜しているではありませんか！」

フードを被った徐玲樹がせせら笑いながら、それを脱いだ。薄貴妃は驚いた目を丸めたまま動かなくなった。大規模横領の罪で台州に流されたはずの徐玲樹が目の前にいるのだ。誰しも驚かずにいられない。

「凛が皇上から信頼されているのは、婢《めい》という本分を心得、皇上の片腕として多くの功を立てたからで、寵愛に頼ったものではありませんよ、薄貴妃」

皇帝は額を手の甲で押さえた。そして頭痛がするのか、手を振った。

「全員打ち首だ。孔炎に与《くみ》したと思われる重臣を明らかにし、必ず処罰をするように」

徐玲樹と子陣は拝手して承ったが、凜は納得いかなかった。

「皇上、どうか薄貴妃さまの処刑はお考え直しください」

薄貴妃は口をあんぐりあけたまま驚いた顔をし、皇帝はちらりと凜を見る。

「なぜだ。そなたを目の敵にしていた者を庇《かば》うのか」

「よくお考えください。薄貴妃さまは孔都知からお金をもらってわたしへの嫌がらせをしていましたが、皇后になるなどと嘘をつかれて騙されていたに過ぎません。なぜ、そんなことをしたのか――。ずっと考えていました」

凜は胸を張って言う。

「孔都知はわたしに香華宮にいて欲しくなかったのです。尚食局の米番のわたしなら、必ずいろいろ嗅《か》ぎ回るからです。そして香華宮の米がない理由を直接皇上に奏上できるからです」

凜は頭を大きく下げた。

「薄貴妃は利用されたにすぎません。どうかご慈悲を！」

凜は額《ぬか》ずいて頼んだ。皇帝は頭を下げる凜を見て、それから薄貴妃に目を移す。大きな罪は贈賄だけだ。確かに殺すには忍びない。

「わかった。凜がそう言うならそうするように」

薄貴妃は涙ながらに凜に礼の瞳を向け、嗚咽《おえつ》を漏らして泣いた。が、一人、納得のいかない者がいる。自分も当然許されるべきだと思っている孔都知だ。薄貴妃などよりずっと以前から皇上に仕え、「我が右腕」とまで皇帝に言わしめた人物だ。天文のでっち上げ程度で重い処分を受けるのは納得がいかないのだろう。その深い落胆は一瞬にして恨みに変わった。

「皇上!」

そう叫んだと思うと、壁に飾られている宝剣を手に取り、抜いた。突然のことで子陣も驚く。

「死ね!」

銀色の刃が闇を集めて怪しく燦《きら》めいた。

9

皇帝の私室で子陣は剣を帯びない。とっさに孔炎の振るう剣を素手で摑《つか》んで止めようとしたけれど、危険すぎる。

徐玲樹が酒を饗《きょう》するための柄の長い木杓《きさく》を見つけて投げた。

子陣はすぐにそれを受け取り、孔都知に挑んだが、真剣にかなうはずがない。一撃で木杓は真っ二つにされてしまった。そうなれば腕で戦うほかない。

しかし、孔都知には武術の嗜《たしな》みがあった。もともとは皇帝の護衛内監から出世した人物であることを皆が忘れていたのだ。

子陣が拳《こぶし》で胸を突こうとすると腕で払いのけ、鳩尾《みぞおち》を叩《たた》こうとするのをするりと避《よ》けて蹴《け》りを入れる。

「陛下、こちらへ！」

徐玲樹が安全なところへと皇帝を逃がそうとする。命の危険があるというのに、息子に手を摑まれて、皇帝は感動と戸惑いが混じった表情をした。隣の鳥を飼っている部屋へと逃げ込むも、そこは窓すらない密室だ。もう子陣を信じるしかなかった。

「禁軍はまだか！」

まだ騒ぎを聞きつけていないのか、禁軍の兵はだれも姿を現さなかった。焦りと、憤りばかりが凜の心を支配する。子陣と孔都知は互角に戦い、衝立《ついたて》や衣桁《いこう》など部屋の調度が四方八方に散った。

しかも、倒されたものの中には火鉢があり、落ちた反故《ほご》に燃え移った。赤い炎が上がった。それがいつしか、絹の帳《とばり》に移り、燃え広がって、部屋に煙が充満し始めた。凜は焦る。

――万事休《ヤバイ》す！

辺りを見回し、壁際の半円の卓に花瓶を見つけた凜は取り上げて水を撒《ま》いた。しかし、火の手は早い。このままではこの部屋にいる全ての人間が焼け死んでしまう。もたもたしてはいられない！

——早く！　お義兄《にい》さま！

子陣に期待したが、孔都知は剣をふるう手を緩めない。

ただ——凜はちょうど孔都知の背後にいた。

凜は自分の手の中にある大きな花瓶を見た。優しい丸みを帯びた白磁だ。重たくはないが小さすぎもしない。凜は考えるより先に手が動いた。

「えええええやぁ！」

背後の女にまったく無防備——おそらく女など無力であると思い込んでいた孔都知の後頭部を凜は花瓶で殴りつけた。派手に花瓶が割れる音がして、破片が周囲に散らばった。

どうっと孔都知が床に倒れる。子陣が信じられないものを見る目でこちらを向いた。

凜は叫ぶ。

「早く消火を！」

「お、おう！」

子陣は煙が充満する建物の戸を開けた。

「火事だ！　火を消せ！」

窓はすぐに開かれ、皇帝は咳《せ》き込みながら、奥の部屋から徐玲樹とともに出てきた。

「朕の白磁が……」

などと皇帝が花瓶を惜しむ発言をしていたが、そんなことはだれも聞いていないふりをした。あれを犠牲にしなければ、皇帝の命はなかった。花瓶の一つ、二つ、惜しんでどうするというのか。

「よくやった、凜……」

火が消し止められ、皇帝の手当が終わると、子陣が凜の肩に手を置いていた。見れば、徐玲樹は皇帝に付き添っていた。どんな顔をしたらいいのか悩むなどと言っていたが、やはり親子だ。悩むなど馬鹿らしいことだった。横にいて、ただ「大丈夫ですか」と思いやりのある言葉を投げかければいいだけのこと——。

「薄貴妃は？」

「無事だ。床に這いつくばっていたから煙を吸わなくてすんだのだ」

「なかなか賢い人ね……」

凜は連行されていく孔都知と衛天文官の後ろ姿に、民の苦しみを見た。彼らはつまらない計画を立てる前に無辜《むこ》の人々が死んでいくのを想像したのだろうか。米の値をつり上げれば、地方の民が困窮することを想像したのだろうか。

凜は厳しい眼差《まなざ》しを二人に向けたまま見送った。ただただ空《むな》しく、怒りが頂点を超えて、悪態さえ出なかった。

「凜」

「凜」

気づけば子陣と徐玲樹が左右にいた。

「怪我はありませんか」

凜はそれで初めて自分の手のひらが切れていることに気づいた。

「大したことないです」

徐玲樹は手巾《ハンカチ》を凜に握らせる。ただ子陣は凜が無事と見るや、早速小言を言い始めた。

「無謀すぎだ。花瓶が上手《うま》く当たらず、孔都知が逆に凜に襲いかかってきたらどうするつもりだったんだ？」

「一発で仕留める自信があったよ」

徐玲樹が微笑む。

「あなたのそういうところが好きですよ」

杭州一の美男と言われている徐玲樹に真顔で言われると、こちらが赤面する。しかし、すぐに子陣が間に入ってくる。

「凜に近づくな。あっちへ行け」

しかし、徐玲樹はどこ吹く風だ。

「好きなものを好きと言ってなにが悪いのですか」

「よくも恥ずかしげもなくそんなことを言うな！」

子陣は徐玲樹の肩を突き飛ばす。なのに、徐玲樹の顔は晴れやかだ。凜のことが好きなどと言っているが、結局、子陣と喧嘩《けんか》する時間が楽しくてならないのだろう。年下の子陣はからかわれていることにすら気づかずに言い合いをしているのだ。

──まったく付き合ってられない。

凜は微笑ましくも半分呆《あき》れて、二人を見た。

するとどうやら、その笑みに二人も気づいたようだ。

子陣の指が凜の右頬についた煤《すす》を──徐玲樹の指が左頬についた煤を拭《ぬぐ》ってくれ、四つの真剣な眼差しが凜に注がれた。彼女は二人の袖《そで》を摑む。

「お腹が空《す》かない？」

「…………」

「たまにはお米を食べようよ」

子陣が天を仰いだ。思えば、麦ばかりの数ヶ月だった。

「そうだな……食いたいな……炊きたての米を……」

「わたし、イカめしが食べたい」

子陣が凜の右手を取った。

「よし！　なにか分からないがそいつを食おう！」

徐玲樹も白い歯を見せ、凜の手を自分の右腕に置く。

「そうと決まれば、行きましょう！」

もう子陣は従兄弟《いとこ》と言い争わずに歩き出した。そしていつの間にか三人は手を繫《つな》いだまま走り出し、後苑の公孫樹《いちょう》が最後の一片を落としたのを踏みしめる。乾いた音に笑顔が弾《はじ》けた。

「さぁ！　お腹いっぱい食べよう！」

後日――。

徐玲樹は三万人の流民を台州で助け、救済米を横領した山賊を捕らえたという功で杭州に戻ることが正式に許された。そして小さな邸《やしき》を成王府近くに構えた。

しかし、年越し、凜が成王府に帰省すると――、

「春聯《しゅんれん》はもっと右に貼れ。もっと右だ！」

と、なぜかそこに使用人を指図する徐玲樹がいた。春聯は赤い紙にめでたい言葉を書いた正月の門飾りだ。徐玲樹の足元には井戸の神を祀《まつ》るための紙馬《しば》や果物、菓子、茶、酒などが用意されているだけでなく、内戸の左右に斜めに貼る札もしっかり糊《のり》がつけてあった。

「玲樹さま、お久しぶりです」

「凜。久しいですね。ねえ、これを見てください。どうです？　平行に貼れていますか」

「ええ、平行ですよ」

凜はあたりを見回した。使用人に掃除をさせたのだろう。塵《ちり》一つなく、柱はピカピカだ。神さまに供える香と供物もあった。

「去年よりずっと華やかでいいですね」

「子供のころはもっと華やかでしたよ。今年は、残念ながら豪勢な食事とはいきません

が、正月飾りくらいは賑《にぎ》やかにと思いまして」

凜は、そうか、幼い頃から住んでいたここが徐玲樹の家なのだと思った。だから邸《やしき》を構えても、こうして成王府に帰ってきているのだろう。凜は彼が貼った春聯の数々や正月飾り、お札類を見、赤い封筒に使用人たちに渡すお年玉を入れるのを手伝った。使用人の子供へやる飴《あめ》も徐玲樹が自ら用意したらしい。彼は一人で正月を迎えることが多かったからか、成王府の正月の采配《さいはい》を成王から任されてかなり嬉《うれ》しそうだ。

「凜、香華宮はいいのですか、年末といえば、儀式や宴《うたげ》が多い時期です」

「例年通り香華宮は退屈な年越しになりそうです。でも、毎年、正月は成王府で過ごすことを皇上に許して頂いているんです。だから大丈夫ですよ」

すでに凜はもとの尚食局の米蔵係に復帰している。米蔵で正月にすることといえば、蔵に火の用心のお札を貼るくらいだ。年末を重臣たちと過ごす皇帝の宴のためになにかと尚食局は忙しそうだが、皇帝は凜が成王府で年を越すことを許してくれた。

「お義父《とう》さま。お義母《かあ》さま」

凜は成王と周妃にまず挨拶《あいさつ》をする。徐玲樹が甘やかしているのか、呱呱は火鉢のそばで猫のようにぬくぬくしていた。成王が膝《ひざ》の上に抱き上げてなでなでする。

このほのぼの感。年末はこうでなくては。

「ああ、忙しい、忙しい！」

そこに一人「忙しい」と騒ぎながら帰ってきたのは子陣だ。水をがぶ飲みし、こののんびりな雰囲気をぶち壊す。

「なにがそんなに忙しいのじゃ」

成王が不思議そうに訊《たず》ねた。

「熒惑《けいこく》の件でいろいろと取り調べがあったのです、父上」

「うん？」

自分の領地が大変な目にあったのだ。成王が興味深そうに目を上げて子陣に問うた。

「結局、どうなったのじゃ？」

子陣はもう一杯、水を飲んでから一気に言った。

「思った通り、張天文官が殺されたのは衛天文官の不正をただそうとしたためでした。衛天文官はこの熒惑の予言を利用して、飢饉《ききん》になるとの噂を流せば米で儲《もう》けられるのではないかと思い、知り合いの慶油鋪に相談したようです。慶油鋪はその話に乗るには大きな足がかりが必要だとみて、孔都知の後ろ盾を頼んだというわけです。もちろん、重陽の日に衛天文官と一緒にいたと証言した人物は嘘をついていました」

火鉢に手を当てていた徐玲樹が真剣な瞳《ひとみ》を子陣に向ける。

「公田法を利用できないかと考えたのはだれですか」

子陣は憤慨した声で言う。

「孔都知だ。官職を餌にして、地方官に温州で公田法を厳しくさせ、土地を失った民を温州から放つことで、本当に飢饉を作り出したのだ。この件には多くの官吏が関わっていて、大規模な捜査になりそうだ。もちろん、救済米を懐に入れて売ろうとしていたのも孔都知だった」

子陣が凜を見た。

「覚えているか、妹妹《メイメイ》。この騒動の最中に聞いた、おかしな流行《はや》り歌を――」

「ええ……皇帝陛下を揶揄《やゆ》する歌だったような？」

「それも衛天文官の浅知恵さ。広めれば、飢饉の話がより現実的に庶民には聞こえるからな」

「なるほど。民は噂に敏感だもんね……で？　処罰はどうなったの？」

凜が訊ねると、それを言いたかったとばかりに水の入った碗《わん》を子陣は置く。

「孔都知は苦役になった」

「苦役？　死罪ではなく？」

成王も驚く。あれだけのことをしたのに、文字通り体が胴で半分にならないのは不思議でならない。が、子陣はにんまりとする。

「皇上はよく考えていらっしゃる。治水工事の苦役を科して民の苦しみを少しでも知るようにとのお沙汰《さた》だ。期限はない。一生、罪を償って生きて行くというわけだ」

治水工事の苦役ともなれば、石を運んだり、土を掘ったりする重労働だ。凜は、皇帝は本当に英邁《えいまい》な君主であると思った。人を殺すのは簡単だが、民の苦労を分からせるためにあえて死罪という簡単な道を選ばなかったところが、民の立場に立った人だと思う。

「でも、なぜ、玲樹さまは孔都知が犯人だと予測できたのですか」

徐玲樹は微笑する。

「公田法を管轄しているのは内侍省西城所だと申し上げたはずです。つまり内侍省が掌《つかさど》っています。孔都知の正式な官職は？　内侍省左班都知。内侍省の実力者です。ならば、孔都知が怪しいのは当然ではありませんか」

凜は深く納得した。ということは、彼はかなり前から孔都知を疑っていたことになる。

本当に侮れない人だ。

「教えてくれてもよかったのに……」

「推測でものを語るのは簡単ですが、危険でもありますよ、凜」

成王が更に訊ねた。

「それで、衛天文官はどうなったのじゃ？」

成王が訊ねる。

「衛天文官は人殺しでもありますから、死罪が相当なのですが……」

子陣が悔しそうだ。

「獄中で自害したので、処罰できなかったのです」

凜も皆も吐息した。せめて自分が犯した罪を正式に償って欲しかった。重苦しい雰囲気となり、周妃が慌てて皇族の女人たちの関心事に触れる。

「薄貴妃はどうなったのですか」

「薄貴妃は——」

子陣はこれも話す気にならないことのようだ。もう一杯、水を飲む。

「薄貴妃は孔都知と協力していましたから、下級の側室である才人《さいじん》に降格の上、三ヶ月の謹慎とのことです」

「三ヶ月！」

冷宮《れいぐう》に幽閉しろとは言わないが、三ヶ月は短いのではないかと凜は感じた。しかし、彼女を赦《ゆる》すのが、皇帝の答えなのだ。せめてもう少しお灸《きゅう》を据えてほしかったと凜はがっかりした。が、子陣は続ける。

「それで……新しい居所に薄貴妃は移ったんだが、庭の手入れが行き届いておらず、蜂に顔を刺されたらしい。まったく不運なほど腫《は》れて、ひどい状態だ。謹慎中だから太医を呼んでもらえず、元の顔に戻るのは、しばらくは難しいとの話だよ……」

「そうですか……それはなんともお気の毒なことです……お労《いたわ》しい……」

徐玲樹がしんみりと同情の声を出した。彼が憐憫《れんびん》の言葉を出すのはきわめて珍しい。特に薄貴妃のような悪女に。凜と子陣が怪しんで振り返ると、彼は襟元から一冊の帳面を取り出した。

「薄貴妃」

そう書かれたページに筆で傍線を引く。たしか、凜が薄貴妃に顔を叩《たた》かれた時に書いたものだ。

帳面を指差す子陣が震えた。

「お、おい、ま、まさか……お、お前……」

徐玲樹は相好を崩した。

「なにか？」

——絶対、この人なんかした！

これは追及すべきか？　凛は口を開き掛けた——が、そこへ、小葉が凛宛ての手紙を持って来た。開いてみると、未《いま》だ台州で流民の医療に当たっている悠人からではないか。

台州からの知らせとあって、成王が内容に興味津々なので、凛は火鉢の灯《あか》りの前に手紙を翳《かざ》した。字が汚すぎて解読に時間がかかるが、一文字一文字この世界の言葉で書かれているから彼も頑張っているのだろう。

「凛、元気か。俺は元気だ。流民の数もだいぶ減って、多くの民が故郷の温州に帰って行った。これもすべて皇帝陛下のおかげだ。今度、会う機会があったら伝えてくれ。民はみんな感謝しているってな。俺は早く粥《かゆ》じゃなくて米が食べたい。ナズナもハコベも一生分食べたから、民が好きなものを食える国を作って欲しい。P.S. 郡王は煩《うるさ》いし、徐玲樹は怪しい。気をつけろよ、凛。悠人」

凛は肩をすくめ、子陣と徐玲樹を見た。子陣は子供っぽくそっぽを向き、徐玲樹は目を細め、運ばれてきた茶を美しい所作で飲んだ。

凛は茶菓子を口にし、成王は、今夜は凛の好きな蟹《かに》だと告げた。それも銭塘江で今朝獲《と》れたものだという。

呱呱が徐玲樹の側へと寄った。彼は抱き上げて嘴《くちばし》を撫《な》でてやる。

「家族はいいものですね」

「そうじゃのぉ」

大晦日《おおみそか》は守歳《しゅさい》。家族一同、火を囲んで夜通し眠らない。徐玲樹が琴を弾き、凜が歌う。成王と周妃がもっと食べろ、もっと食べろと豚の丸焼きの頭を凜の皿に載せてくれ、子陣がめずらしく酔って徐玲樹に絡む。

皇帝からの祝いの菓子が届いた頃には、雪がはらはらと降る音が外から聞こえて来て、部屋に一つしかない火鉢に皆が自然と集まり丸くなる。手を火鉢で翳し合えば、胸に温かいものが満ちて、新たな年を凜は待ち遠しく思った――。

参考文献

『夢粱録　南宋臨安繁昌記　1、2、3』著：呉自牧／訳注：梅原郁（東洋文庫）
『東京夢華録　宋代の都市と生活』著：孟元老／訳注：入矢義高／梅原郁（東洋文庫）
『中国の歴史7　中国思想と宗教の奔流　宋朝』小島毅（講談社学術文庫）
『北京大学版　中国の文明　第5巻　世界帝国としての文明〈上〉』
監修・監訳：稲畑耕一郎／翻訳：紺野達也（潮出版社）
『江南の発展　南宋まで』丸橋充拓（岩波新書）
『王朝滅亡の予言歌―古代中国の童謡』串田久治（大修館書店）
『宋代中国を旅する』伊原弘（NTT出版）
『五代と宋の興亡』中嶋敏（講談社学術文庫）
『中国人の生活と文化』著：朱恵良／訳：筒井茂徳／蔡敦達（二玄社）
『陶淵明全集　上』著：陶淵明／訳注：松枝茂夫／和田武司（岩波文庫）
『新釈漢文大系16　古文真宝（後集）』星川清孝（明治書院）

本書は書き下ろしです。

香華宮《こうかきゆう》の転生女官《てんせいによかん》3

朝田小夏《あさだこなつ》

令和5年 4月25日 初版発行

発行者●山下直久

発行●株式会社KADOKAWA
〒102-8177 東京都千代田区富士見2-13-3
電話 0570-002-301(ナビダイヤル)

角川文庫 23632

印刷所●株式会社暁印刷
製本所●本間製本株式会社

表紙画●和田三造

ISBN 978-4-04-113599-0 C0193

◇◇◇